VICTORY NOVELS

超時空AI戦艦「大和」

❶南洋沸騰! 奇跡の連続勝利

橋本 純

電波社

この作品はフィクションであり、登場する国家、団体、人物などは、
現実の国家、団体、人物とは一切関係ありません。

もくじ

超時空AI戦艦「大和」(1)
南洋沸騰！ 奇跡の連続勝利

プロローグ

東京R大学の科学研究室の分厚い扉が外からガンガンと激しく叩かれ続けていた。

部屋の外には数人の人影が見るが、その中の数人が扉を叩き続けているのだ。

一方室内では、その扉に背を寄せ下を向いた小柄な人影があった。

その人物、この研究室の室員の一人である田伏《たぶせ》由佳《ゆか》は、扉に背を預けて蹲《うずくま》りながら小さな声で「ごめんなさい」と繰り返し続けていた。

夏の日の昼下がり、外は灼熱であったが、研究室の中は上着無しではいられぬほどキンキンに冷え切っていた。

すべては機器を正常に保つための措置だが、それにしても異常なほどに部屋は冷えていた。

「田伏君、判っているのか！　そいつを送ってしまったら向こうの世界と二度とコンタクトは出来なくなるんだぞ。軽率に次元移送を稼働させちゃだめだ。せっかくここまで慎重に彼女とコンタクトを続けてきたんだぞ！」

扉の向こうからくぐもった声が漏れてくる。研究室の責任者である新井《あらい》教授の声だ。

「ごめんなさい教授、研究が頓挫《とんざ》するのは判っています。でも、私はおばあちゃんの心を優先したい。あの人を死なせたくないんです。平行理論の通りならやり直しは出来ない、なら今が最後のチャンスなんです」

扉の向こうに声が届いているのかは分からなかった。由佳は拳を握りそれを戦慄《わなな》かせた。力むほどにその震えは強まり、ついに彼女は背を扉から離し、研究室の中に踏み出した。

「きっと、これは間違った選択です。でも、彼だけじゃない。何万人という命が救えるかもしれないんです。私は後悔しません」

由佳は机の上に置かれた大きな書類束に手を伸ばした。

「待っててください、おばあちゃん。これで日本は救われるはずです……」

由佳は書類の束を大きなコイルに囲まれた謎の機械の中心に置いた。

そして、ふと何かを思い出した様子で研究室に置かれた自分のデスクに向かい、その上に置かれていたタブレットを充電器ごと持ってきて書類の束の上に置いた。

「これでもう一〇〇%……いいえ、一〇〇〇%は世界線外れちゃうわね」

複雑な表情で呟くと、由佳は謎の機械を制御するコンソールに正対した。

「電源オン……」

声に出して確認しながら由佳は手を動かす。

ブーンという低い音が唸り、機械全体が幽かに震えた。

「目標座標確認、時空修正値誤差最小確認」

手慣れた様子でメーターを確認するその間にも機械はブーンという唸り声をあげ、何かをその内にため込んでいる様だ。

「転送質量確認、３Ｄスキャン開始」

青白い光が書類とタブレットの上を走る。

「加速器充電率確認、照射範囲再設定」

由佳の手が止まる事なく動き、画面に細かい数値が打ち込まれていく。

十秒ほどで彼女の手は止まった。

一度大きく深呼吸してから由佳は言った。

「行ってらっしゃい、そして必ず勝利をもたらせて」

にっこり笑って由佳はスイッチに手を伸ばす。

その間も背後ではドンドンと扉を叩き続ける音が響く。同時に複数の人間が由佳の名を呼び続け、やめるんだと吼えていた。

だが、次の瞬間……

扉の内側から大きな破裂音が響いた。

研究室の唯一の出入り口の前に陣取っていた新井教授を筆頭にした研究班の面々は、その激しい衝撃音に体を硬直させた。

機械が作動したのは間違いなかった。

その時、先ほどまで教授と一緒に扉を叩いていた学生の一人が気付いた。

「先生、衝撃で扉の鍵が外れています」

答えるより早く教授は扉に体をぶつけ、それを押し開いていた。

室内は薄い煙が充満し、明らかに何かが爆発した形跡があった。

そして床に田伏由佳が倒れていた。

一同が由佳に駆け寄った。

「田伏君！」

教授が由佳を助け起こしたが、由佳は意識が朦朧としている様だった。

「しっかりしろ、由佳」

中島《なかじま》というゼミの仲間が由佳の肩を揺すった。

由佳がゆっくり目を開き、皆を見上げながら言った。

「……実験終了です。私たちは時空を超えて物質の転送に成功した、はずです。実験体は消失しました」

　由佳は、フレームが歪みコイルの角度もいびつになった機械の中心部を示して言った。

　そこに有ったはずの書類の束とタブレットは消えてなくなっていた。

　教授が渋い顔で言う。

「それを確認する術《すべ》を私たちはもっていない」

　由佳が小さく首を振った。

「先生、でも私たちが今こうして何も知れなかった事こそ成功の証だと私は思います」

　教授が小さくため息をついてから答えた。

「そうだな、そうとも言えるな。記憶流入は過去にも記録したが、今まったくそれが起きていないのは間違いない」

　その時になってようやく火災報知機が鳴りだした。

『火事です』とうるさく連呼する機械を睨んで教授は言った。

「実験は成功したのに、今現在私たちは何も得られていない。結局、君の手の上で踊らされていたのだね、田伏君」

「すいません、すべては私の我欲でしかなかったんです」

　教授は由佳の手を取り、ゆっくりと立ち上がらせた。

「出よう、発火するかもしれん。ここの消火装置は炭酸ガス式だ。止まるのは危険だ」

　一同は大急ぎで研究室から退去した。

　すると教授の予言通りというわけではないが、機械の一部が火花を散らし急に炎を吹き出した。

　ぎょっとしながらも、一行は大慌てで研究室のある建物から外へ出た。

　そこは東京の郊外。背後に背の低い山の迫る学園都市の一角だった。

「本当に時空を超えてくれたのなら、せめて勝ってほしいものだな」

煙の吹き出した出入り口を見据えながら新井教授が言った。

「最終座標はいつなの？　今向こうの時空は何月何日なの？」

山本早希《やまもとさき》という女学生が聞いた。

「昭和十五年三月三日」

「ひな祭り……何か関連があるの、あなたがこんな暴挙に踏み切ったことと」

由佳がすまなそうに早希に答えた。

「三月三日は、大おばあちゃんの誕生日なの」

「なるほど、この研究にとってなくてはならないキーパーソンですものね。しかし、それだけじゃないでしょ？」

早希が由佳の背をさすりながら優しく聞いた。

「ええ、ずっとこのタイミングを狙ってたの。今日の時点でなら省吾《しょうご》さんは、四月に海軍に入ることが可能になるのよ。これを逃すと話の通らない陸軍に行くしか道が無くなってしまうのが判ってたから、今日しかなかった」

横で聞いていた教授が難しそうに顔をしかめた。

「君の、日本を戦争に勝たせるという意志は本当に強固なものだったのだね」

由佳は小さく頭を振った。

「いえ、むしろ、死なせたくないという思いが、省吾さんとおばあさんを結ばせたいという思いが強かった。これはですから、私欲からの暴走なんです。どうか叱責してください、どんな責任でも取ります」

教授が由佳の肩に手を置いて言った。

「いや、実験自体が失敗したわけではない。当初の計画が頓挫したのは事実だが、理論どおりに装置は完全に稼働したと思える。その意味では、私たちは実証を成し遂げたと言える。おそらく、君が贈ったものは相手に届いているはずだ」

由佳は幽かに満足の表情を浮かべた。

「おばあちゃんは、日記の通りなら三日後に省吾さんと会うはずなの」

「なら余計に届いてほしいわね、とびきりのバースデープレゼント」

早希が由佳の肩を叩いて言った。

「うん、絶対におばあちゃんに届いたと信じてるわ」

遠くから消防車のサイレンが聞こえてきた。

信じられぬほど暑い令和の夏空に、研究室から上がった煙が吸い込まれていった。

第1章　開戦・真珠湾空襲

1

昭和一六年一二月初旬。

ハワイ諸島の中枢オアフ島。ここには在太平洋の米海軍の最大戦力が結集していた。

元々はカリフォルニアのサンディエゴにあった太平洋艦隊司令部は、このオアフ島の真珠湾に移動していた。あわせて主力戦艦のすべてがこの地に集まり停泊している。さらに太平洋艦隊には、三隻の正規空母も配備されている。

すべては対日戦争を睨んでの措置であった。

かねてより日中戦争の推移と共に悪化してきた日米関係は、この昭和一六年初頭には、決定的とも言える状況に悪化していた。ずばり一触即発、戦争寸前のにらみ合いが始まっていたのだ。太平洋艦隊がハワイに移動したのも、この戦争に備えての措置に他ならない。

日本は対中国戦争を止めようとせず、満州を足がかりに大陸での勢力拡大に邁進した。

そしてその図式を米国が快く思わず、他国と組んで経済包囲網を形成、戦争抑止を目論んだことに日本が真っ向から反発したのが、両国関係が悪化した最大の理由だ。

実際には、さらに複雑な政治的要素が背後に潜んでいるのだが、日本の国民目線で言えばアメリカが国策に対して難癖をつけてきたと映り、アメリカから見れば、日本が軍事力にものを言わせアジアを席巻し植民地化しようとしているとしか見えない。

双方の国の新聞は、社説で互いの国をののしり合う状態で、国民世論もこれに右に倣えと言った有様であった。

まあ国民感情のあり方そのものは、双方のプロパガンダに操られているとも言えるが、結局のところ両国の国益が真っ向からぶつかり合い、反発していることは、否定しようのない事実だ。

実勢として世界視点から見れば、両者の言い分の中間よりもやや日本が横暴に戦争権益を堅持しているといった感じだが、日本は大陸での戦争を止める事が国家経営の破綻に直結するのを理解している。それを承知の上で、無条件撤退という圧力をかけるアメリカも、空白地帯になれば必然新しい投資対象としての中国へ食い込めるという側面が見えてくる。

そこに、アメリカにとって大きな利益が垣間見えており、これを踏まえれば、アメリカとて決して無条件の正義とは言えぬ腹黒い一面を持っていると言えよう。

アメリカ政府はしかし、圧力によって日本が政治的に屈する可能性をわずかとはいえ信じていた。そう言った輩は自分たちの国力と政治力を過信していると言っても過言ではない。

しかし、大多数の政治家と軍人は、戦争は不可避という現状をしっかり受け止めており、国民にも見える形で戦争準備を急いでいるのだが、国論は戦争に対し冷ややかなのであった。

理由は、アメリカが欧州の戦争に対しても不可触を持続していることと無関係ではなかった。より端的に言えば、多くの産業が欧州の戦争への参画を巡り難色を示した結果、不戦こそ正道といった変な風潮が国民に根付いてしまったのだろう。

そんな状況のなか、アメリカが仕掛ける形で日本との一触即発状況を生んだのは、ある意味ミスリードであったかもしれない。

笛吹けど踊らず的な状態、と言えばよいだろうか。戦争に持ち込み、一気に日本を打ち破って事態を有利な方に導きたいのだが、アメリカ政府には一つ大きな危惧があった。

日本は、ドイツとイタリアとの間に三国同盟を結んでいる。

アメリカが対日戦争を始めれば、自動的に両国はアメリカに宣戦布告をしてくるだろう。そうなれば、欧州の戦いにも参加しなければならなくなる。

つまり、対日開戦を睨むという事は、世界大戦にどっぷり首まで浸かる事を意味しており、単に日本との間の戦争準備を済ませればいいというものではなかったのだ。

この厄介さが、また不戦貫徹という世論に少なからず加味されていた。

だが現実の問題として、政治的折衝は既に行き詰まり、戦争になる確率はほぼ九割というのがロビーストたちの意見だった。そうなれば、世間の気分がどうであろうと、軍は戦争に向け動かねばならない。

その戦争準備なのだが、色々な面で要求に対する齟齬《そご》が見られた。

太平洋方面ではとにかく戦力増強を訴えるわけだが、大西洋方面の戦力を極端に削るのは現実的には厳しい。

ドイツから宣戦を布告されれば、戦場は間違いなく大西洋全域に広がる。ドイツが誇るＵボートがアメリカ沿岸まで遠征してくるのは絶対避けられない。

それでも米太平洋艦隊は、強力な日本海軍を圧倒するために、今以上の戦力強化を上層部に談判している。

だが、戦争省のお偉方がこれを飲む素振りはまったく見られなかった。

少なくとも、この一二月初旬の、戦争まで秒読みだと言われる段階においてもなお……。

これはどうもアメリカ政府……特に戦争省の中の諜報面がうまく機能していない部分があるからのようで、アメリカの陸海軍はともに日本軍の力を過小評価していたのだ。

今の戦力ですら過剰ではないか、とまで言う分析官が存在するほどだ。

つまり多くの軍人や専門家が、戦争になっても現状の太平洋の戦力で簡単に日本を屈服させられると考えているのだ。

学者の一部には、日本陸軍の実力はアメリカ陸軍を大きくしのいでいると警告を発している者も居るのだが、陸軍の将軍の中にはこれを鼻で笑うものが少なくなかった。

海軍についても同様で、圧倒している戦艦の数とその他補助艦艇を見れば、海戦になっても負ける道理はないと皆が強気に豪語している。

しかし、かつて日本海軍の訓練を見学した事のある武官経験者は、日本海軍の技量が掛け値なしに世界一であると警告していた。

無論この意見も事実上黙殺されている。自分たちに不都合な意見は叩くか無視する、これがアメリカ流の政治でもあった。

上がこうだから、部下たちも日本軍全体を見下して日々の訓練を行っている。

相手を下に見ている以上、戦争となっても引くべき道理は見えない。ドイツも警戒すべきは潜水艦だけで、彼らが直接的にアメリカに手出しをできるとは誰も考えてはいない。

まずイギリスを支え切り、ゆっくりと欧州奪還のための準備をすればいい。だから、日本と戦争になったら、まず全力でぶつかり、早期に日本を降伏まで追い込めばいい。

この、どう考えても脳天気な筋書きのもと、政治も軍備も進んでいた。

そして、その状況に背を押され、アメリカ政府はさらに強気に日本を糾弾し輸出禁止を盾に圧力を大にする。

その行動に出たのが、夏前の事だ。

実はまさにこの時期に、日本は開戦を決意していた。

そしてこの一二月に開戦の目標を設定し、準備に邁進してきたのである。

とはいえ、アメリカも愚鈍ではない。

日本が戦争準備をしているという事実に、秋前には気づいていた。

だが戦争準備がポーズに過ぎないという分析を投げかける専門家も存在し、アメリカはまだ開戦には半信半疑と言った感じだった。

元々、対日制裁がエスカレートしはじめてＡＢＣＤラインが構築されたころから、日本は対米戦争への研究に余念がなかった。

各種の兵器開発がスタートしたのも、この戦争を睨んでの準備に他ならない。

しかし、アメリカはこれを見逃がし、かつ過小評価した。

　昭和一六年一一月、アメリカは日本を徹底的に追い込むことになる施策を行った。

　国務長官の名前を取ってハルノートと呼ばれる、日本側から見れば最後通告とも言える強要的政治意見の介入であった。

　文書でコーデル・ハル国務長官は、中支那方面だけでなくドイツに降伏したフランスの植民地南部仏印に進駐した日本軍までも即時撤退せよ、と迫ったのだ。

　これは日本には到底受諾できない内容であり、日本政府は夏から準備してきた開戦を最終的に実行する決意を固めた。

　天皇陛下在席の御前会議で対米開戦が決定し、すべての戦争準備にゴーサインが出された。

　無論、日本にとって勝機が薄いのは最初から分かっている事であり、アメリカはたとえ戦争になっても日本が早期に折れると踏んでいたのは先述した。

　だから、アメリカも戦争準備は怠らなかったが、この一二月初旬に日本が戦争を仕向けてくることに対し十分な警戒をしていたのかと言えば、それは間違いであった。

　戦争は起きるだろう。多くの者がそれを実感した一二月劈頭、米軍は太平洋全域に警戒態勢を敷き、戦力の緊急配備を開始していた。

　しかし、肝心の諜報面でアメリカは遅れを取ったのだ。日本の開戦初撃の矛先に関し、まったく予見できていなかったのである。

　それが間もなく証明されようとしていた。

　アメリカは、日本が開戦に踏み切るにあたり機動部隊を投入するだろうという点までは予期していた。日米で比較した場合、日本が確実に優位に立てる海軍戦力が航空母艦のそれであるからだ。

しかし、一一月の半ば以降、アメリカ軍は日本の空母ほぼすべての居場所を特定できなくなっていた。

だが、彼等はここに焦りを感じなかった。

これには理由がある。

アメリカの情報組織は、一一月初旬に日本を発った大規模輸送船団の存在を察知しており、これがインドシナ方面に向かっているという情報から、機動部隊はこの船団に歩調を合わせていると勝手に思い込んでいたのであった。

日本は対米だけでなく、対英蘭との同時開戦も睨んでいる。これは、世界人戦という観点で見れば、理解が簡単だ。

英国もオランダも、ドイツに敵対している。特にオランダは本国をドイツに占領されて亡命政府状態にあり、その固有領として太平洋のボルネオなど蘭印と呼ばれる地域が、日本にとって重要な戦略目標になっているのだ。

蘭印には石油がある。

そもそも日本が戦争まで追い込まれた最大の理由が、ＡＢＣＤ包囲網による戦略物資禁輸措置であり、そのもっとも重要な品目が石油だった。

日本には大規模油田が皆無である。ほぼ一〇〇%を輸入に頼っていた石油が、ぱたりと止まった。

このままでは日本は干上がる。

そうなる前に、産油地帯を押さえたい。そこで蘭印への侵攻こそ、日本の開戦に置いての本命であろうとアメリカは分析した。

これは当たっている。

件の輸送船部隊は、蘭領ボルネオを中心とする産油地帯攻略のための部隊だったのだ。

総数五〇隻に迫る大船団が、既にかなりの距離にまで進んでいる。

だが、これらの部隊は当然アメリカ領であるフィリピンの目の前を通過しなければならない。

開戦となったら、アメリカはすぐ隣の蘭印の日本軍を叩きに出てくるはずだ、そうなる前に日本がフィリピンに手を出してくるのは間違いない。

アメリカは、船団の一部が、フィリピン南部の攻略に割かれると予測していた。

だからこそアメリカの分析官は、機動部隊はこの船団の影に居ると予想したのだ。

日本の蘭印侵攻は間違いないと看破したアメリカは、一一月に入って、在フィリピンの部隊拡充を急加速させていた。


特に台湾からの攻撃に対して有効な反撃能力を得るため、新鋭の長距離爆撃機B17を大量に派遣する決定をし、一二月いっぱいをかけて、複数の飛行隊を送り込む準備がなされた。

同時に、新鋭のP40戦闘機も大量に派遣され、マニラの陸軍飛行場《クラークフィールド》は大量の軍用機で溢れる事になった。

B17部隊の目的は、台湾への渡洋爆撃だけでなく、対機動部隊決戦の切り札としても期待されていたのであった。

つまりアメリカは、日本の開戦初撃は蘭印とフィリピンを含む西太平洋であり。真珠湾の太平洋艦隊は日本の連合艦隊主力部隊の動向がつかめ次第出撃するという段取りで、常時真珠湾で出航可能な状態で待機し始めた。

一二月の声を聞いた段階で、日本の戦艦部隊は、ほぼ日本国内にある事が知れていた。

一部の艦が行方不明であったが、旗艦の長門《ながと》も陸奥《むつ》も瀬戸内海に居るのが確認されていた。

艦隊決戦に備え準備をしているというのがアメリカの見立てであり、事前の戦略予測では、日本艦隊にとって有利な決戦場は小笠原からマリアナにかけての海域とされており、アメリカ戦艦部隊はこの誘導に堂々と乗ってやっても構わないくらいの余裕で、真珠湾に待機していたのであった。

これが一二月初旬までの、日本とアメリカを取り巻く全般的な状況だ。

しかし、さすがにこの時期になると、アメリカも日本の空母機動部隊が行方をくらませている事実に不安を覚え始めていた。

一一月中旬に日本の内海にあった空母主力が出航した事実までは掴んでいた。しかしその後、機動部隊の行方が知れなくなったのは延べた。

その行方を、勝手に西部太平洋と思い込んでいた米軍であったが、そのフィリピンを中心とした偵察圏内にいまだに空母発見の報がない。

これは、あまりに不気味だった。

そこで海軍情報局では、新たに日本が取りそうな戦術の洗い出しが始まった。

アメリカの事前研究では、日本は小笠原方面を起点とした決戦に向けて、艦隊を構成していると予測していた。

行方をくらませた空母部隊がフィリピン近海に居ないとなると、この方面、あるいはさらに南方まで進出してくる可能性が大きくなった。アメリカの作戦分析官たちは、この図式から考えられる攻撃案を算定してみた。

すると、中部太平洋にベルト状に点在するアメリカの拠点、それは米本土とフィリピンを繋ぐ補給線でもあるのだが、これを叩きに出てきている可能性が浮上した。

さらには、奇襲としての真珠湾攻撃にまで言及する分析官も現れた。

だが、この時点ではそれは無いという意見が大勢を占め、上申からは外された。

こう言った背景を受け、米太平洋艦隊情報参謀のレイトン中佐は、キンメル太平洋艦隊司令官にあてた覚書に、敵機動部隊による中部太平洋進出の可能性大という意見を投げた。

このしごくもっともな意見に、キンメルもこの方面の警戒には注意を払う必要を認めた。

その結果、数日前からミッドウェー島やウェーキ島、さらに日本領土のサイパンにほど近いグアムなどへの航空戦力増強を開始させた。

この日、真珠湾には一隻の空母も停泊していなかったが、それはこの中部太平洋方面の島嶼部への航空機輸送に駆り出されているからであった。

米太平洋艦隊には三隻の空母が居たが、一隻は現在米本土にあり、残る二隻がウェーキ島とミッドウェー島に航空機輸送を行っているのだった。

この日、つまり現地時間一九四一年一二月七日は日曜日であった。

冬とはいえ常夏の緯度であるから日の出はそれなりに早い。

しかし、その黎明の兆しすらまだはっきりと認められぬ時間に『彼ら』は動いた。

そう、日本海軍機動部隊が、密かにハワイへと接近していたのである。

2

アメリカがフィリピン近海と中部太平洋で必死に探していた日本の空母部隊は、西でも南でもなく遥か北の海を東に進み続けてきたのだった。そしてハワイと同緯度で南に転針した。あまりに意表を突いた航路のおかげで、現在地まで敵に探知されず接近することが出来たのであった。

冬の北部太平洋は荒波が強い。航続距離の短い駆逐艦などは途中で給油の必要があるが、最悪この荒天に阻《はば》まれ給油を断念する可能性もあった。

護衛が無くなる危険を冒してまで、機動部隊はこの敵の目のない航路を維持し、ついに困難な旅路を一隻の脱落もなく乗り切った。

南に舵を切って二日目、ついに艦隊は攻撃部隊の発進予定地点にまで到達した。

かくして、アメリカが予想していなかった形での、開戦に向けての第一歩が踏み出されることとなった。

「攻撃隊発進準備完了」

航空母艦の飛行甲板にぎっしりと飛行機が並ぶ。前から順に戦闘機、急降下爆撃機、艦上攻撃機が列をなしエンジンを回す。

日本の機動部隊の現在位置は、ハワイ北方およそ二三〇海里（約四二〇キロ）の地点である。

まだ周囲は暗く、各空母の甲板にはカンテラや懐中電灯の光が揺れる。

既に全航空機がエンジンの始動を終えており、驀進《ばくしん》する空母の上は轟音に包まれていた。

日本艦隊の動きは完全にアメリカの意表を突いており、このハワイ北方海域にアメリカの哨戒部隊は存在しなかった。

このまま攻撃隊が発進すれば、奇襲成功は間違いないと思われた。

「敵勢情報にまったく動き無し。ハワイからは通常のラジオ放送が聞こえているだけです」

通信室からの報告が艦隊の頭脳、司令官以下の居る空母赤城《あかぎ》の航海艦橋に届けられた。

「奇襲であれば成功間違いなしという状況、なのだがな」

空母赤城の艦橋から攻撃隊の様子を見下ろし、司令官の南雲忠一《なぐもちゆういち》中将が言った。

「この好機を捨てねばならぬというのは、正直信じられぬ愚挙と思えます。しかし、これを遵守せよというのが山本《やまもと》閣下の厳命ですから、絶対にそこは曲げぬ事です」

そう言って渋い顔をするのは、この機動部隊の参謀長を務める草鹿《くさか》少将だ。

「無論、命令は守らせる。淵田《ふちだ》にはきちんと言い含めてある。あの男はそういう所は愚直だ」

南雲はそう言って眼下の攻撃隊に目をやった。

この時六隻の空母の艦上には、一八三機を数える攻撃隊が控えていたが、その全体指揮を任されたのが、空母赤城艦上で待機中の九七式一号艦上攻撃機に座上した淵田美津雄《みつお》中佐であった。

その淵田は自分の腕時計を睨み呟く。

「少しでもずれたらあかんのや。あれが示した結果は、厳密な計算の上に出来上がっちょる。蝙蝠《こうもり》部隊はちゃんと計算できるんやろな、あいつらがずれたら全部わややで」

淵田は膝の上の航空地図を睨みながら、自分の腕時計を確認した。時計は先ほど発進前最後のブリーフィングで全員が針を合わせたばかりだ。

ちょうどその時、攻撃隊に発進を命じる信号弾が赤城の飛行指揮所から打ちあがった。

「さあ、すべての始まりや。新しい戦争が始まるで」

淵田がゴーグルを嵌めながら言った。

各空母からまず身軽な零式戦闘機二一型が発進を開始する。

どの機体も危なげなく滑走をし、空中へ舞い上がる。

その様子を空母赤城の甲板から見つめているのは、航空参謀の源田実《げんだみのる》中佐。攻撃隊長の淵田と海軍兵学校同期の出世頭だ。

「本当にうまくいくのか……」

次々と空に舞い上がる攻撃隊を見送りながらそう呟く源田の顔は、どこか冴えない。

いや彼だけではない、今回の作戦の根幹を知る上層部の顔は、皆どこか不安げだった。

「ただ成功を祈るだけか」

上空で大きな梯団を組んでいく攻撃隊を見上げながら、南雲中将は呟くのだった。

攻撃機は一機もかけることなく大空へと飛翔した。兼ねての整備が万全であった証拠だ。

艦隊上空で攻撃隊別に編隊を組むと、一団となって南へと進む。

目標はハワイオアフ島南端の真珠湾である。


同時刻、そのハワイの真珠湾では日本軍が押寄せてくるなどとは微塵も思わず、ごく普通の日曜の朝を迎えようとしていた。

何も変わらぬ、少なくともその電波を受信するまでは間違いなく普通の日曜日だった。

それは日本の機動部隊から攻撃隊が発進し、およそ一時間半が経過したころの事であった。

「これは、いったいどこから……」

その無線は、在ハワイ米軍のあらゆる通信施設で傍受された。

かなり広域の周波数でそれは流されたからだ。

特に鮮明にその通信を受信したのは、オアフ島の海軍通信司令隊本部であった。

通信は平文の国際モールス無線。内容は英文で同じことを繰り返していた。

これを書き留めた通信士たちは、一様に表情をこわばらせていた。

「これが虚偽であったとしても、とにかく急いで司令官に報告しないわけにはいかない。大至急、伝令をキンメル司令官の私邸に向かわせろ」

この日の通信指揮所の当直士官ウェーンズデー大尉は賢明なる判断を下した。

無線を傍受した全部隊で最も早くアクションを起こしたのが、彼であった。

米太平洋艦隊司令官キンメル大将の屋敷は、真珠湾を見渡せる丘の上にあった。

この日キンメルは私的にゴルフに赴く予定で既に朝食を済ませていたが、まだパジャマ着のままであった。

その彼の屋敷にものすごい勢いで伝令のオートバイが滑り込んできた。

それは謎の無線を傍受してからわずか二分後のことだった。

「緊急事態です」

使用人はすぐに伝令を司令官の元に通したが、彼の携えてきた電文を読んだキンメルの表情は文字通り激変した。

「なんだと！」

傍受された電文の内容がそのまま記されていたのだが、そこにはこう記されていた。

日本帝国海軍はこれより現地時間午前八時三〇分を期して、ハワイ真珠湾の米陸海軍への攻撃を開始する。これは開戦の通告である。

「この内容で三回通信は繰り返されました。我が軍で使用している、ほとんどすべての周波数帯でこれが流れました」

キンメルは厳しい表情で部屋の電話に近付き、受話器を上げた。ハンドルを急いで回すが、交換手は中々出なかった。

「これが冗談であろうはずはない。ましてや謀略とも思えない。なら答えは一つだ」

なかなか出ない交換手に苛つき、キンメルは使用人を呼ぶためのハンドベルを鳴らした。

「大至急、制服を持ってこい！」

使用人に叫んでからキンメルは伝令に告げた。

「すぐに基地に戻って全周波数帯で非常呼集を呼びかけさせろ」

そのとき電話がつながった。

キンメルが慌てて受話器に叫んだ。

「交換手、艦隊司令部に繋げ。当直士官なら誰でもいい、大至急だ！」

「どういったご用件でしょう」

交換手がのんびりした声で言うと、キンメルは怒鳴った。

「戦争だ！　戦争が始まる、それも三〇分以内にな！」

この瞬間からまさに急転直下で事態は進んだ。

真珠湾には激しくサイレンが鳴り響き、湾内のすべての軍艦に非常呼集がかけられた。

同時に湾内にあるフォード島の飛行場では、戦闘機隊の発進準備が始まった。

「日本軍が来る？　どうやって」

日曜を帳消しにされたパイロット達が不満そうに言うが、上官たちは厳しい表情で告げた。

「オアフ島北方で試験運用中の電波探知機が、北方から接近する大規模な編隊を捉えた。これは訓練じゃない、正真正銘の空襲だ。敵は目前に迫っている」

「本物の戦争かよ、畜生」

まだ若いパイロットが叫んだ。

「そうだ。戦争が始まる。いや、既に始まっている」

飛行長の言葉に一同は表情を引き締め、敵編隊の位置を記した航空図面を片手にエプロンで待機中の愛機に向け駆けだした。

駐機場ではワイルドキャット戦闘機とバッファロー戦闘機が既にエンジン始動に取り掛かっていた。

まさに緊急発進という事で、パイロットが乗り込んだ機体は、序列に関係なく滑走路へと滑り込んでいく。そして直ちに一番乗りした機体から離陸を開始した。

この時、海軍の緊急発進を可能にしたのは、ちょうどこの日に帰港するはずの空母エンタープライズの飛行隊が、母艦への帰還準備のため早朝から待機していたからだ。

エンタープライズは最大限に航空機輸送をするため、戦闘機の半分以上をハワイに残して輸送する機を搭載していったのだ。

日米関係が緊迫して以来、ホイラー飛行場などを中心に増強を続けている陸軍航空隊も、緊急の発進に向け大急ぎで準備をしていたのだが、十分に燃料と弾薬を補給した機体が揃わず、海軍に遅れを取る形になっていた。

　フォード島から発進するのはＦ４Ｆワイルドキャット戦闘機とブリュスター・バッファロー戦闘機の混成編隊。どちらもエンタープライズの搭載機だ。

　これにおよそ一五分遅れる形で、陸軍のＰ40戦闘機とＰ36戦闘機の混成編隊が離陸を開始した。

　敵が至近に居る事から、陸軍では燃料満載でなくとも弾薬が搭載されている機体を優先して飛ばすことにして、この緊急発進に対応した。

　海軍の指揮官が言ったように、既にこの段階で日本の攻撃隊の位置は試験運用中のレーダーによって把握されていた。

　英国からの技術供与で実用化されたこの移動式レーダーは、一週間前からオアフ島の北部で試験運用中だった。

　レーダーに最初に機影が移った時、まだ無線は傍受されていなかった。

　当初、それは本土から飛来する予定のＢ17の編隊と思われ無視されていたのだ。

　だが、例の攻撃予告無線が入った事で、上位司令部からレーダーの当直に連絡が入り、再確認がなされた。その結果、探知していた反応は方位が違う事で、敵の編隊だと確認されたのである。

　防衛司令部に直結する電話で当直士官が叫ぶ。

「謎の大編隊が接近中です！　この位置から真珠湾まで三〇分はかかりません！」

　空襲の予告ははったりではなかった事が、この瞬間に追認された。

　日本軍はもう既に指呼の間に迫っていた。

3

空母を発ってからおよそ二時間後、日本海軍の攻撃隊はハワイ諸島上空に到達していた。編隊は機種ごとに分かれて進んでおり、先行しているのは戦闘機隊だった。

この攻撃計画では、空襲部隊は二波に分かれて真珠湾に向かう。一波のおよそ三〇分後に、第二波が攻撃する。数的には、第一波に匹敵する一七九機の大集団だ。

第二波は、第一波が発艦後ただちに甲板に引き出され発進を開始したのだが、時間的に言うとおよそ一時間のずれが生じていた。

それを三〇分にまで縮めているのは、進撃速度が第二波の方がやや速いのと、機動部隊そのものもさらにハワイに接近したからである。

第二波が距離を縮められた第二の理由は、第一波のように戦爆艦攻全機が一団になって編隊を組んで進撃したのではなく、攻撃隊単位で個別に進んだからというのもある。

艦隊上空で一機ずつ上がってくる味方を待って編隊を組んでいては、時間が掛かりすぎるのだ。

第一波はそれをやったわけだが、これには理由があった。

敵にこちらが攻撃することを報せる以上、敵の迎撃は避けられない。これを迎え撃つのに、集団でいた方が有利なのだ。

艦攻や艦爆の自衛武器は後部旋回機銃になる。艦爆には機首機銃もついているが、爆弾を抱いていたら空中戦は出来ない。

この旋回機銃を最大限の火力として利用できる

のが密集隊形なのだ。

　というわけで、艦爆も艦攻も僚機をかばい合える形で現在進撃している。無論、戦闘機の援護もあるわけで、攻撃隊はいつ敵が襲ってきてもぬかりない態勢で進んでいた。

　第一波と第二波には、それぞれに護衛の戦闘機が同行しているが、第一波のそれは六〇機で構成されている。攻撃隊の規模からして妥当と言えるが、戦術的に考察すると多い部類に入る。

　空襲に主眼を置くなら、攻撃機や爆撃機を増やすべきであるが、日本軍はその三種類の航空機をほぼ同数で揃えて進撃させてきた。

　その理由は明らかだった。

　今、彼らの前方にまさにその理由が出現しつつあった。そう、敵の迎撃機との戦闘が不可避である以上、こちらは戦闘機による護衛を厚くする必要が生じるのだ。

　敵に空襲を告知したのだから、戦闘機が出てこないわけがない。最初からこれが既定の作戦である以上、準備として戦闘機を多く同行させたのは当然というわけだ。

「上がってきた敵は三〇といったところか。簡単に蹴散らせるな。予定通り護衛を二手に分けるか」

　そう言って不敵に笑ったのは、護衛戦闘機隊を率いる空母赤城戦闘機隊長の板谷《いたや》少佐だ。

　護衛の零戦隊はかねての予定通りに二つのグループに分かれ、およそ半分が上昇してくる敵機へと指向した。

　この様子を後方の艦攻隊の位置から確認した攻撃隊指揮官の淵田は、時計を睨みながら呟く。

「なるほど。三〇分前予告というのは、ええ線をねらちょったわけだ。頭のええ奴の考える事はすごかもんやな。敵はどうあがいても、全力で迎撃でけへんちゅう算段か」

真珠湾には軽く一〇〇を越える戦闘機が常駐しているはず。しかし、その第一陣として舞い上がった敵機は、こちらの対応が可能な数で現れた。淵田が言うように、三〇分後に敵が来ると判っても全力での早期迎撃は不可能というのを、日本は読み切っていたことになる。

そもそも、これから空襲を行うという電信も、この攻撃隊が発したものだった。

自ら敵にその位置を教える行為、当然これは戦争の常道から大きく外れている。

なぜ日本軍はあえて、セオリーに外れた戦法を取ったのか？

大いなる疑問はアメリカ軍側だけでなく、今まさに戦争を始めようという日本側の内部にもあった。

「やはり迎撃機は来たか。奇襲の意味がない。どうしてこんな愚策を取らねばならなかったのだ」

そう言って不機嫌そうな顔をするのは、瑞鶴《ずいかく》の急降下爆撃隊を率いる高橋《たかはし》少佐。彼は、この事前通告に関する話を一週間前に聞いたばかりであった。それは、真珠湾を目指して艦隊が出航した後の話であり、作戦の詳細の確認をしようにも無線封鎖した艦隊では、他艦の動向ですら僅かしか耳に入らない状況だった。

まあ、実のところ、赤城と加賀《かが》の一航戦、蒼龍《そうりゅう》と飛龍《ひりゅう》の二航戦では、かなり前からこの事前通告の話は伝わっており、搭乗員たちも承知していたのだが、およそ二か月前に真珠湾攻撃参加の決まった瑞鶴、翔鶴《しょうかく》の五航戦では巧く情報が行き渡っていなかったのである。

攻撃三〇分前に、例えこちらが探知されていなくても攻撃予告を行う。これが開戦にあたって最も順守されなければならぬ作戦の根幹である。

当然五航戦の首脳もこれを叩きこまれたのだが、肝心の搭乗員たちへの周知徹底に思わぬ時間が掛かってしまったというのが真相だ。

「この事前通告なくして真珠湾攻撃に成功はない」

攻撃隊発進前の訓示で、司令官の南雲中将ははっきりそう言い切った。

これは出撃前に、連合艦隊司令長官の山本五十《いそ》六《ろく》大将に何度も念を押されたことであり、自分が攻撃隊を率いるうえで最も重要な任務なのだと南雲は認識していた。

何ゆえに奇襲を捨てる事が、作戦成功たり得るのか。

その謎を紐解くと、以下のようなことになる。

アメリカに長く滞在していた山本長官は、アメリカ人の気質をよく理解している。その山本に、事前の通告の重要性を強く働きかけた者がいた。

その男はこう言い切った。

「もし宣戦布告が攻撃に間に合わなかった場合、アメリカは日本の騙し討ちを主張し国論を一気にまとめ上げ、強大な産業力をすべて戦争に振り向けてきますよ」

山本はこの言葉に大きな衝撃を受けた。

それはまさに、彼が懸念していた事でもあったからだ。

宣戦布告と攻撃が前後する可能性はあるのか？

山本はそこに注目し、情報を集めさせた。その結果、通常の外交通信を使って暗号を在米日本大使館の職員に解読させ、これを交付するという外務省の手順を突き止めた。

山本は、薄氷の上を歩むのに似た危うさを強く感じた。

専門の事務官がこの仕事にあたれないとなると、ミスが発生する確率は大きくなる。

そして件《くだん》の男は、山本に言った。

「在米日本大使館からの宣戦布告は必ず遅れます。それが定めであるかのようにね。私が示した予想の可能性では九二％、これは遅れない方が奇跡という数値です。宣戦布告より先に爆弾が落ちたら、その先に待っているのがどんな戦争か、閣下なら理解できると思います。アメリカの政治家のとるであろう方策もその報告に記載しましたが、国民感情というのは計算では出ないもの。しかし、その国民感情が日本憎しに固まった時のアメリカの国力の振れ幅は、予想される最悪のそれに近づくでしょう。目先の勝ちに拘るなら、日本は泥沼にずぶずぶと嵌るだけですよ」

まだ若い、二〇代前半の男はそう言って、山本五十六の前に開かれたいくつかの書類を逐一示しながら言った。

その男が山本の元にたどり着くには、長い紆余曲折があったのだが、それは後述しよう。

とにかく、その男が示した書類は、アメリカが開戦後に国内産業を全力で対日戦争に振り分けた場合の、拡大するであろう軍事力の具体的データが事細かに記されていた。

いや、それだけではない。民意や政治家個々の動向、さらには海外の米軍の動きに関する予測など、幅広い内容の予測が示されていた。

単なる予測ではない。何通りもの予測が、それぞれ起こりえる可能性と共に列記されているのだ。

これがもし個人の労作であるというなら、驚異でしかない。

いったい彼は何者で、この書類の出所はどこなのであろう。

「この予想を鵜呑みにしなくても、アメリカの国力は十分に頭に入っているつもりだ。その上で私は真珠湾奇襲という賭けを選択した。この作戦は君とその部下が考えたものではなく、完全に私と連合艦隊参謀が練り上げたものだ。しかし、その作戦の裏に潜む問題点をＹＴ研究班は完全に洗い出して見せた。君と最初に会った時からまだ一年しか経っていないのに、君たちの存在なしには、もはや海軍の戦争指導は成り立たなくなったと言える」

この会話は機動部隊が六隻の空母での奇襲を決意した昭和一六年の晩夏、広島の柱島泊地の戦艦長門の艦上で交わされたものだ。

この時点で、真珠湾攻撃はまさにトップシークレットであり、詳細を知る者は本当にごく少数の高級参謀や司令官しか存在しなかった。

ところが、山本と会話している若者はそれをなんとその編成に至るまで事前に知っていた。だからこそ、彼はこうして山本と相対していると言える。山本の立場からすれば、彼は日本の将来を占うのに不可欠な人間、特別な……いや唯一無二の存在なのであった。

若い男は言った。

「考えたのは私ではありません。私はただ結果を述べているだけ、まだ未完成のＹＴですが、充分に予測はなされています。それに、私は教わりましたからね。未来を知る人間に最悪の結果を」

「例の機械を送ってきた相手と話をしたのかね？」

山本が聞いたが、若い男は首を振った。

「私じゃありません。閣下に紹介し、第四研究所に配属させてもらった例の女学生、彼女が直接未来人と話を通していたのです」

「出来たら私も聞きたかったな、未来の声を」

山本が半ば冗談のつもりで言ったが、若い男は肩を竦めてこう言った。

「話を聞いても閣下は信じなかったかもしれませんよ。相手もまた女学生だそうですし……」

「女学生？」

山本の眉がピンと跳ね上がった。

「正確には、令和という世界の女学生ですね。自分も話をしてみたかった」

男の言葉に、山本は曖昧に笑った。

「とにかく、その未来でもこの攻撃は規定案として実行されていて、その結果があのご覧いただいた悲惨なる末路なのです。ですから、計算の示す通り奇襲は捨てる事です」

「だが一言で奇襲を止めると言っても、被害が増してはその先の戦争が立ち行かん」

「その綱渡りを計算するのが、我々の役目です」

いったい、二人が何の話をしているのか、これだけでは窺い知れない。

重要なのは、この日から攻撃直前の通告という話が具体化したという点である。

つまり、山本長官の厳命はこの時会談していた若い男なくしては生まれなかった命令なのだ。

何らかの計算によって導き出されたのが、攻撃三〇分前の攻撃予告。そういう事で間違いは無さそうである。

そして件の攻撃通告を行ったのは、第一次真珠湾攻撃隊に同道している、九七式二号艦攻を改造した三機の一式艦上偵察機の機上無線であった。

そもそも九七式二号艦攻には、これを改造した九七式艦上偵察機が存在しているが、この一式艦偵はまったく別物の機体と言ってよい。

その三機の一式艦偵は、米軍の戦闘機が接近してくるのを感知すると、直ちにぐっと高度を上げた。

攻撃隊の主軸となる艦攻は同じ九七式艦攻と名がつくが、製作会社の違う機体。引き込み式車輪を持つ九七式一号艦攻だ。これは中島製の機体で、一式艦偵の母体となった固定脚式の二号艦攻は、三菱製の別設計の飛行機だ。

攻撃隊はおよそ高度四〇〇〇メートルを進撃していたが、敵機を確認した三機の偵察機は、その高度を一気に七〇〇〇メートル付近まで上げた。

彼等は、他の攻撃隊とまったく別系統の命令で動く特殊部隊であった。

その名を、蝙蝠部隊。

機動部隊の中にあっても、その整備を含めすべてが謎のベールに包まれた隠密部隊なのである。

「始まるぞ。自動撮影を開始する。モーター回せ」

三機編隊の先頭を行く偵察機の中で、編隊を率いる中隊長の若狭《わかさ》大尉が、最後方の座席に座る銃手兼カメラマンの壱場《いちば》上飛曹に言った。

「広域カメラで収めます。他のカメラは必要に応じて回しますが、どうしましょう」

「個々の戦闘まで記録は出来ん。基本は空襲の際の敵の反撃状況を押さえ、撮影する事であり、細かい動きは追わなくていい。万一にも深追いして被弾したらえらいこっちゃからな」

三機の偵察機には、複数の電動撮影カメラが備え付けられていた。

撮影用動画カメラはまだ手回し式が主流。ゼンマイを巻いて三〇秒ほどの連続撮影というのが手持ちサイズのカメラの最大性能だ。しかし、最新技術をふんだんに盛り込まれた偵察機搭載の自動カメラは、手動によってズームも可能だしギアによって高速撮影、つまりスローモーションも撮影できる高性能なもの。しかも、搭載しているのは国産の総天然色フィルムだった。

まだ国内映画でもカラー作品は撮られていない。新たな発明を商業用より先に軍事に利用するというのは、よくある話だ。

カメラもフィルムも最新鋭だが、それを載せた機体もまた、元になった九七式艦攻から各部がリファインされており、その最高速度は時速四六〇キロにまで高められている。これは元になった二号艦攻より五〇キロ以上速い。因みに、攻撃隊の使う一号艦攻は三三〇キロ程度が限界であった。

名前こそ同じ九七式だが、そもそも中身は別物の一号と二号艦攻ではあるが、改造された一式艦偵と九七式一号艦攻の最大速度差は一三〇キロにもなったわけだ。

航空機の性能、特に速度は単純にエンジンを強化しても上がるものではない。この一式艦上偵察機は、元になった九七式二号艦攻から実に二〇〇カ所以上の改良、改造が行われており、主機の金星エンジンに関しては馬力が元の一〇〇〇馬力から一三五〇馬力にまで高められ、可変ピッチ式プロペラの採用と併せて驚異的に速度が伸びた。さすがに零式戦の最高速度には及ばないが、艦隊で二番手の俊足機なのは間違いなかった。

自衛のための旋回機銃以外に武装が無いのも優速にはいい効果であるが、偵察機材の総重量は軽く二〇〇キロを超えているから、艦攻よりべらぼうに軽いというわけでもない。

実は海軍の、特に機動部隊搭載の航空機は、この年の夏から急速に改造が行われ細かい仕様が変更になっていた。それに伴い、目に見えて性能が引き上げられ、操縦士たちに感嘆の声を上げさせていた。

鈍足のはずの一号艦攻も、最高速度に差はないが加速性能が抜群に上がっており、攻撃後の離脱速度が画期的に上がっていた。

より性能にテコ入れをされたのが艦戦である。

護衛の零式艦上戦闘機は、中国本土で実戦を踏んだ一一型とはエンジンこそ共通だが、機体がかなり変更され、実戦向きの戦闘機に仕上がっていた。

なにより一一型で指摘された強度不足を徹底的に改良し、空中戦での安定性能を抜群の域にまで引き上げていた。それは、最高速度をある程度犠牲にしてまで勝ち取った頑強さであった。

これは、そのまま撃たれ強さにもつながった。

その成果が目の前で証明されようとしている。

「見たところ上がってきたのは海軍機だけだ。あとから陸軍機もどっさり来るはずだ。第二次攻撃隊の護衛が到着するまで、攻撃隊の直接援護は無理になる。だが、ここはがっぷり四つに組まなきゃならんところなのでな。真正面から突っ込むぞ」

航空地図と目の前の迫ってくる敵機を見比べて戦闘機隊長の板谷が呟き、手早く手信号で合図を送る。

日本軍は既に無線封鎖を解いているが、空中無線の会話は海軍の無線機の精度が悪く聴き取れない事が多い。そこで機上の意思疎通は、この手信号が主力になっている。

さすがにモールスは明瞭に聞き取れるが、会話は音割れがひどすぎるのだ。

実は、かなりクリアに会話できる無線も開発されているのだが、海軍は意図的にそれを正式採用しないでいる。余分な情報を操縦士の耳に入れることで統率が乱れると考えているらしい。

この辺に関しては別の考えを持つ指揮官もおり、この先どうなるかは流動的と言えた。

各編隊間で手信号が飛び交い、綺麗に二手に分かれた戦闘機隊の半分は、直進してくる米海軍の戦闘機隊と真っ向から激突した。

この様子をはるか上空から、一式艦偵のカメラが追う。

「敵は編隊を崩しませんね」

若狭機の操縦士である三俣《みつまた》少尉が下の様子を窺いながら言った。

「乱戦を避けたいのかな、しかし時間の問題だろう」

空中戦が始まっても泰然自若とした態度で若狭が言った。戦闘に慣れきっている、それが態度の端々から滲みでる。

それもそのはずで、彼はこれまでに三〇回以上も陸攻による中国奥地への爆撃行を率いてきていた。まだ護衛の戦闘機の追従が不可能な時期から、敵戦闘機の迎撃という洗礼をかいくぐり続けた歴戦の指揮官であり航法士なのだった。

若狭の予言通り、当初三機編隊で日本機の攻撃を対応していた米軍は、尻に食いつかれた零戦によって一機また一機と僚機から引きはがされ、そのまま気付くと一対一の巴戦に持ち込まれていた。

この時点では彼我の数は拮抗していたわけだが、編隊が崩れ始めた途端に、米軍機がどんどん火を噴き脱落し始めた。

「火力では間違いなく我が方が上だな。二〇ミリは当たれば即撃墜という感じだ。しかし、小便弾だからな、おそらく多くの機体は機首機銃だけで敵を落としておる」

既に五機以上の敵機が撃破されているようだが、そのうちの一部は完全に主翼を折られたり尾翼を失っていた。

これは米軍の装備した七ミリ機銃より、はるかに強力な二〇ミリ機関砲による戦果だ。

弾頭に火薬を内包した機関砲弾は、命中すると破裂する。これが必殺弾となり敵機の構造部までを吹き飛ばしているのだ。

しかし、その二〇ミリの射程距離は極めて短い。敵を確実に倒すため、零戦の操縦士たちは文字通り肉薄し必殺弾を放っていた。小便弾というのは、数百メートルですぐ下降を始める二〇ミリ弾の弾道を揶揄《やゆ》した言葉であった。

当たれば必殺、しかし必中には肉薄が条件。


ここで返り討ちにあえば、当然こちらも無傷とはいかない。

「一機やられましたね」

下を見ていた三俣少尉が言った。

零戦が一機、エンジンから火を噴き落下していく。

「勝負は時の運、さすがに零戦の初陣のように一方的勝利は高望みだ。米軍のパイロットは国民党などよりはるかに腕がいいはずだ。しかし、零戦の防御力も上がっている。おそらく時間の経過と共に、力の差はより明確になるだろう」

零戦は空母搭載に先立ち、中国戦線で長距離護衛戦闘機として初陣を飾った。それまで航続距離が足りず奥地まで陸攻隊を援護できなかったものが、一気にその護衛距離が延びたことから、奥地に退避していた中国軍の戦闘機隊が、数的に劣勢な零戦によって完全に駆逐されるという初戦完封勝利が成された。

一機の損害もなく敵機の大半を撃破してしまったのだ。

しかし、決して零戦は超人的兵器ではない。

弱点も多く持って産まれた機体で、速度や旋回性能などで時代の水準を抜き出てはいるが、撃たれればかなり簡単に火を噴く、脆弱な機体でもあった。

さらには急降下による空中分解事故なども起こり、機体の徹底的な見直しがなされることになった。

その結果生まれたのが、今空中戦に臨んでいる二一型であった。

先述の通り、この二一型は防御が強固になり、簡単には火を噴かなくなった。燃料タンクにゴムを使った防弾構造を取り入れたのだ。

それでもエンジンやコックピットを狙われれば無傷で済むはずもなく、被撃墜機が出るのは致し方ない話だった。

だが全体的に見れば、若狭の言ったように零戦隊が敵を圧倒し始めていた。

「まあ、見回した感じでは不安は感じない。我が艦隊航空隊の方が、全体技量は上という判断を俺は下したが、最終結果はどうなるかな」

その時、一式艦偵の三機編隊の残り二機から、合図が来た。二機は大きく翼をバンク、つまり上下に振ってみせていた。

「おっと、攻撃隊が突入進路に入るようだ」

若狭がキャノピーをずらし両手を左右に広げてから左右それぞれに人差し指で進めと合図をした。

これを見て二番機と三番機は速度を上げて若狭機を追い越し、真珠湾に向け高度を下げ始めた攻撃隊の追従を開始した。

無論、その戦いぶりを記録するためだ。一機は艦爆隊を、もう一機は艦攻隊を追跡している。

「頼むぞ、牟田《むた》、早瀬《はやせ》」

若狭は先行していく二機の偵察機に向け、ぐっと親指を突き立てた。

この時点までにアメリカの海軍戦闘機隊は自分たちの攻撃が空振りに終わったことを悟った。

日本の戦闘機との戦闘に完全に飲み込まれ、爆撃機らへの攻撃はまったく果たせていない。

このままでは攻撃隊は無傷のまま、真珠湾に殺到してしまう。

そうはさせじと何機かの戦闘機が乱戦を抜け出て速度の遅い攻撃機に襲い掛かろうと挑んだが、いずれも速度に勝る零戦によって後方から補足され、撃墜されてしまった。

混戦となった戦闘機同士の激突は、明らかに日本優位に戦況が傾きつつあった。

しかし、真の戦いはここからだった。

最初にそれに気づいたのは若狭であった。

「敵迎撃機の第二波が見える。形から見て陸軍機だろうな。攻撃隊の護衛に残った戦闘機隊は感知出来ているかな」

双眼鏡を睨みながら若狭が言うと、すぐに壱場がカメラを操作しながら答えた。

「今攻撃隊から離れ始めました。視認した様です」

「この先、攻撃隊は丸腰だな。状況を俯瞰する。高度このままで陸軍機と思しき第二波との激突想定空域まで進空しろ」

その時、若狭の前の無線機が着信のランプを光らせた。

彼がレシーバーを耳にあてるとかなり明瞭な声が聞こえてきた。つまりこの一式艦偵に搭載されている無線は、他の海軍機が載せている物と、明らかに別種なのだった。

「牟田です。空中戦を撮影しますか？」

若狭が返信のために、ボタンを押して口を開く。

「蝙蝠部隊の主目的は攻撃の全体像撮影だ。空中戦は私が押さえる、当初の予定通り、貴様は艦爆隊を追え」

「了解」

通信は切れた。

若狭率いる偵察隊の搭載している無線は、見た目からして、他の攻撃隊が搭載している無線とは違っている。まったくノイズらしきものも聞こえずに会話できるというだけで突出した能力だが、この無線機は同時に、アメリカ側の一般放送をも傍受していた。

ワイドバンドのマルチプル無線機である。

若狭はかなり英語に堪能なのだが、その耳がはっきりとホノルルの放送局が放っている緊急放送の文言を聞き取っていた。

「米陸海軍全将兵に対し非常呼集です。直ちに原隊に復帰し、戦闘配置に就く事。例外はありません。これは訓練ではありません。実戦です。繰り返します、米陸海軍全将兵に非常呼集です。日本軍が事前予告通りに襲来します。急いで原隊復帰してください」

この通信を若狭は、一般人はおろか軍人でもまず見たことがないであろう磁気テープを使用した録音機で、しっかり録音していた。

磁気による録音はようやく一般化が始まったばかりである。所謂《いわゆる》トーキー映画の音声などが収録された部分、これがつまり磁気テープ録音機の原理を応用したものにあたる。

しかし、再生こそ普及しているが、その録音機材は驚くほど高価である。

その最新鋭の高額な機材を惜しげもなく使った一式艦偵一機の値段は、実に零戦三機分の製作費が注ぎ込まれているのであった。

「この証拠だけでも値千金と言っていいはずだ。我々は堂々山本司令長官に胸を張って提出できる。我々は堂々と敵に切っ先を突きつけ果たしあいを挑んだわけだ。まあ、文字通り肉を斬らせて骨を断つ式な戦法だな。後は仕上げを御覧《ごろう》じろだ」

若狭はそう言って不敵に笑った。そして操縦席の背を叩き怒鳴る。

「増速しろ、次の空中戦の開始に間に合わんぞ」

操縦士の三俣が頷きスロットルをグイッと開いた。

固定脚の機体に似つかわしくない鋭い加速で偵察機は増速する。先述のように、その速度は敵機に襲い掛かろうとしている零戦隊のそれに準じる速度であり、海軍艦載機の中でも異様なまでの韋駄天と言えた。

しかし若狭は知っている。まもなく、この機体をも上回る駿速偵察機がデビューするであろうことを。彼ら蝙蝠部隊は、その新型機の開発に一年近くも関わってきていた。

「こんな奇妙な形で戦争に関わる自分を、五年前の儂は想像もせんかったろうな」

カメラと録音機材を武器に、戦場を駆け回る。それが若狭率いる蝙蝠部隊に課せられた任務である。

他の部隊の者が聞いたらぎょっとするであろう命令を、彼らは受けている。

それは、どんな窮地に味方が陥ろうとも救援に関わることなく己の生還のみに全力を傾けろ、という非情にして孤高の内容であった。

逆に一般の兵たちは、何としても蝙蝠部隊を守れと言う命令を課せられている。

確かにまともな武装の無い偵察機ではあるが、この命令は異様だ。

命令を具《つぶさ》に見れば、どんな戦況でも状況でも周囲の部隊は彼らを帰還させ、彼らもまた全力で逃げ帰れという、難易度だけはやたら高い指示と読むことができる。

実際、上層部からも相応の言葉で、一般攻撃隊にはずばり命懸けで彼らを守れ、そして蝙蝠部隊には歯を食いしばってでも帰ってこい、という訓示がなされていた。

なぜそこまで彼らは特殊な任務を与えられているのか。この時点では、実は蝙蝠部隊の隊員ですら完全には理解できていなかった。

ただ、彼らが連合艦隊司令部直轄部隊であるという一点だけが、その手掛かりと言えよう。

「さあ、攻撃隊は真珠湾上空に入ったぞ。本番はここからだ」

戦闘機の激突を下に見ながら、若狭が高度を下げていく攻撃隊を見つめて言った。

真珠湾の北側最外縁部、それが攻撃隊の今いる位置だった。

「攻撃開始だ。ト連送」

艦攻隊を率いる淵田が、無線機に結ばれた打鍵を叩く。

トの一字を示すモールス信号を、彼はひたすら叩いた。

兼ねてからの手筈通り、まず急降下爆撃機が強襲のため、敵ホイラー飛行場へとダイブを始めた。

既に大半の航空機は退避していたが、まだ滑走路の脇には爆撃機を中心に多くの航空機が並んだままだ。降下した艦爆から放たれた爆弾は、ものの見事にその飛行機の列線に吸い込まれていった。

激しい爆発が起こり、真珠湾空襲の本番がここに開始されたのであった。

艦隊の母港の空を覆う一〇〇機を超える攻撃機に、真珠湾を守る米兵たちは戦慄しつつも果敢に立ち向かう。

空に無数の対空砲火が炸裂し、真珠湾の戦闘は一瞬にして、熾烈なるそれに様相を変じたのであった。

4

第一次攻撃隊が空母へと帰還してくる。

出撃した時、梯団を組み大編隊で出撃した部隊は、数機の編隊、あるいは単機で空母へと戻ってきていた。

無傷で帰還してきたものも居れば、機体のあちこちを破損している機もあった。当然、負傷したり戦死した同乗者《ペア》を乗せて帰還した機体もある。

損傷の激しい機体は、修理をすることなく即座に海中に投棄処分《デッコー》にされた。

スムーズに収容し、次の発進に備えなければならないからだ。なんとしても飛行甲板を塞ぐような真似をしてはならない。整備士たちは必死に着艦した機体をチェックする。

攻撃隊の帰還はどうやらピークに達した様で、上空には何機もの帰還機が旋回し、着艦の順番を待つ。

今も一機、隊長機のラインを胴体に巻いた九七式一号艦攻が空母飛龍に着艦した。

この機体は幸いにも無傷で、着艦フックによってロープを引っ掻けると危うげなく停止し、すぐにキャノピーを押し開き搭乗員が飛び出した。

「戦果の集計はどうなってる？」

機体から飛び降りるなりそう怒鳴るのは、第二航空戦隊所属の空母飛龍攻撃隊長の松村《まつむら》大尉だった。

「現在までのそれは、赤城でまとめているはずです。判っているのは、第一次攻撃隊の攻撃だけで戦艦三隻撃沈確実だけです。第二次攻撃隊が帰還するまでまだ一時間以上はかかりますし、蝙蝠部隊が最終的に戻らないと判明しない部分もあります」

飛竜の甲板士官尾田《おだ》中尉がそう言って、松村に説明した。

「戦艦が二隻、湾を脱出しておった。あれがどうなったか知りたい。情報は入っておらんか？　燃料廠のタンクも無傷の物が目立った。状況次第で、第三次攻撃隊の必要があるぞ、山口《やまぐち》閣下に上申の準備をして貰う。少将はどこか？」

松村は空母飛龍に乗る第二航空戦隊司令の山口多聞《たもん》少将を通じて、上層部にさらなる攻撃の必要を打診しようと考えたようだ。

「いや、それは無用のようです。赤城に第三次攻撃隊発進準備の信号旗が上がりました！」

尾田が先行する旗艦空母赤城のマストに上がった旗流信号を指さして叫んだ。

「おお、淵田総隊長が上申したのだな」

松村の言った通りであった。

帰還した第一次攻撃隊を率いていた淵田中佐が、南雲司令官に直訴して、さらなる攻撃続行が決まったのだ。

「ただし機数は絞るぞ」

航空参謀の源田は、淵田に向き合って言った。

「判っている。逃げた戦艦を追うのは我々の役目ではない、そうなんだな」

淵田が確認すると、源田が深く頷いた。

「参謀長からの指示で、敵の補給廠の燃料タンクを完膚なきまでに叩けと言う命令だ。よって第三次攻撃は急降下及び水平爆撃機のみの編成で出撃となる。護衛の戦闘機は、出撃可能全機をこれに充てる」

「望むところだ、さあ、さっさと準備を進めるぞ」

既に第一次攻撃隊の帰還機の収容は終わっていた。第二次攻撃隊が帰還するまでに、再発進の準備を終えなければならない。残された時間はかなり短い。このため、発進する攻撃機の数は全体で四六機まで絞られた。

これに三七機の戦闘機が護衛することになり、六隻の空母で大急ぎで補給作業が始まった。

機数は多くとも分散しての発進だから、一時間程度のインターバルで充分に準備は出来た。

護衛戦闘機の一部は艦隊の直掩として上空警戒をしていたもので、当然まったくの無傷である。

これら六機の零戦は、燃料の追加だけで再出撃が可能だった。燃料をそもそも増加燃料タンクから消費して飛んでいたから、これを付け替えればすぐに飛べるのだ。増加タンクは木製の使い捨て式である。

この増加燃料タンクを付け替えた六機が先行して発艦し、戦闘機と爆撃機、さらに攻撃機が順不同で発進、空中集合を経ずにハワイへと向かった。

この時点で、艦隊の上空援護の戦闘機は三機にまで減らされた。極めて心許ない数字だが、敵は来ないという判断での英断だった。

実は、その背景には、山本長官が語っていたＹＴと言う言葉が深く関わっていた。

いったい、それがどんなものなのか、まだ連合艦隊でも全体像を知る者は少ない。蝙蝠部隊がそのYTに関わっている事は、艦の幹部クラスなら知っている。しかし機動部隊の内部では、その正確な正体を事実上、誰も知らなかった。

あくまで連合艦隊司令部の内部でしか、秘密は共有されていない様子であった。

ともあれ、各空母から第三次攻撃隊の攻撃機が発進するが、これらは艦隊の上で小隊単位程度にまとまると、少数機の編隊のまま真珠湾へと戻り始めた。

これは淵田の指示で、既に混乱状態にある真珠湾上空へは、集団で侵入するより少数の編隊単位で入り込んだ方が反撃を受けにくいと予想されたからだ。

そこで発進した攻撃隊は空中で適当な僚機を見つけると、即席の編隊を組み、戻って来たばかりの道を引き返したのであった。

その頃、真珠湾上空では第二次攻撃隊の水平爆撃隊が最後の攻撃を行なっていた。

彼らが狙ったのは、先に沈没した戦艦ネヴァダによって行き場を失った戦艦オクラホマであった。

戦艦の四〇センチ砲弾を改造した八〇〇キロ徹甲弾は、真珠湾の二列になって停泊した戦艦の内側が、魚雷が狙えない事から開発された新兵器だ。

この大型爆弾を装備した九七式一号艦攻は、第一次攻撃隊には九機が参加していた。

当初は淵田総隊長機もこの水平爆撃で参加する予定だったが、強襲において水平爆撃は効果が薄いという判断で雷装に変更された。

このため、真珠湾内の敵戦艦群への攻撃の先陣を切ることになり、淵田中佐の機体は早々に赤城に帰還していたのである。

もし蝙蝠部隊の存在が無ければ、淵田は爆撃の戦果を確認するために、第二次攻撃が終わるまで真珠湾上空に留まっていた事であろう。

八〇〇キロ爆弾の爆撃は名前こそ水平飛行だが、実際には援降下によって行われる。

目標二キロ手前でおおよそ高度五〇〇メートルから、敵直上で三〇〇メートル程度にまで高度を下げた時点で投弾する機動だ。

爆弾が重すぎるので、これを切り離した直後に、機体はぐいっと高度が上がる。

九機の艦攻から放たれた爆弾は、そのうち四発が見事に敵艦の甲板に突き刺さった。

「轟沈だ。凄いな八十番水平爆撃の威力」

真珠湾上空およそ三〇〇〇メートルの地点で旋回をしていた蝙蝠部隊の牟田中尉は、手持ちカメラのファインダーの中で大爆発を起こした敵戦艦の姿に思わず口笛を吹いた。

「湾外に逃れた二隻を除いた六隻の戦艦に被害を与え、うち四隻を撃沈。残り二隻も炎上中で中破以上は確実です。悪くないですね」

真珠湾のあちこちで黒煙を上げる米戦艦を見下ろし、牟田機の機銃手大崎《おおさき》一飛曹が言った。

「しかし、この攻撃の真の目的は、完全には果たされていないな」

牟田はそう言って、湾に隣接した補給廠の無傷の燃料タンク群に視線をやった。

「第三次攻撃が来るとしたら、そっちの記録もしっかり収めにゃならん、燃料の計算を間違わんようにしなければな」

牟田はそう言うと、操縦士に高度を上げるように合図し、計算尺を取り出した。

「荷物の少ない機体だから攻撃隊より長尻できるが、いつまでもここに留まれるわけじゃない」

その時、無線機が声を発した。

「母艦より蝙蝠各機へ、三次攻撃にあわせ一式偵四番と五番を発進させる。各機は攻撃隊の帰途に歩調を合わせろ」

平文での通信だが、おそらくアメリカ軍が傍受しても意味は分かるまい。

「ありがたい、ここでお役御免だ。野坂《のさか》、帰投するぞ」

牟田が操縦士席の背中を叩きながら言った。

「了解、帰投します」

先ほどの連絡は、機動部隊から新たな偵察機を飛ばすという内容だった。

実は蝙蝠部隊の指揮と機動部隊航空隊の指揮は、別系統であった。急遽発進した第三次攻撃隊とは別に、二機の偵察機が新たに発艦し、攻撃隊の動きを撮影することになったのだ。

その時、真珠湾上空から離脱を開始した牟田機に、若狭中隊長機から無線が入った。

「牟田聞こえるか」

「受信明瞭です」

「湾から抜け出した敵の戦艦が、東の海峡から北に向かったようだ」

牟田の表情が曇る。

「我が艦隊に向かってくる気でしょうかね」

「おそらくな」

「しかし、第三次攻撃隊は彼らではなく……」

「ああ、既定の作戦に基《もと》づき、燃料タンクを叩きに来るだろう」

牟田中尉の眉間に皺が寄った。

「注進はしていいのですよね。司令部に、敵の動きを報せておくべきでは」

　若狭が無線機の向こうで数秒沈黙してから返答した。

「俺が報告するが、この動きに対し司令部が無策とは思えない。最初から、戦艦部隊の一部が湾を脱するのは見込んでいたはずだ。それに、空母が居なかった。この辺を想定していたのか気になるのでな、源田中佐に伺ってみるよ」

「了解、では自分は先に帰投した早瀬機を追いかけて、母艦に戻ります」

　無線を切ると、牟田は改めて操縦士の野坂上飛曹に告げた。

「帰投だ帰投、駆け足で戻るぞ」

　この言い方で気づいたのか、野坂が振り返って聞いた。

「再度の出撃もありそうですか」

「あり得る。なにしろ蝙蝠部隊仕様の一式艦上偵察機は、機動部隊全体で六機しか存在していないんだからな」

「では急ぐとしましょう。帰還には十二分な燃料が残ってますから、ここは全速力で」

　グイッと機首を翻した牟田中尉機は、そのまま機動部隊の方向に帰投し始めた。

　彼らが大規模編隊を組まず数機単位でハワイに向かう第三次攻撃隊の先陣とすれ違ったのは、それから四〇分後の事だった。

　腕時計を見た牟田が小首を傾げた。

「おい、予想邂逅地点より五分以上は早いぞ。艦隊は、予定海域より南に居るんじゃないか」

「そんな事ありますかね。司令官は慎重派で名高い南雲閣下ですよ、突出するかなあ」

　野坂が否定的意見を言ったが、攻撃隊の速度を目算した牟田は首を振る。

「いや、間違いない。攻撃隊発進時間に間違い無ければ、二〇海里は接近しているぞ。まあ第三次攻撃隊を放つ都合と第二次攻撃隊収容の機微を量ったのだろうが、それだけじゃないかもしれん」

この予想は当たっている。

傷ついて帰る機体も多い第二次攻撃隊であるから、状況によっては母艦ではなく手近な艦に降りたほうが良い場合もある。その判断を容易にし、なおかつ搭乗員への負担を減らすには、飛行距離を短縮するのが得策だ。

そこで艦隊は一気に南下しつつ、第三次攻撃隊を発進させ、第二次攻撃隊の収容も早めに済ませるという作戦を取ったのだ。

「こりゃ、もしかして第四次攻撃隊とかまで考えてませんか」

機銃手の大崎が言った。無論、牟田もそこは読んでいた。

「あるぞ、こりゃおおいにあるぞ。やはりもう一度飛ぶことになるかもしれんな」

牟田が飛行帽の上から頭を押さえて言った。艦隊を真珠湾に近付ける、それは同時に逃げだした敵との距離を詰める行為でもある。

戦艦の主砲は空母には脅威だが、その砲弾が届くよりはるかに早く、航空機で相手を叩けるのも事実だ。その航空攻撃を確実なものにするには、敵への索敵範囲を最小に絞り、早期発見する事。

つまり彼我の距離を出来るだけ接近させることで、反復攻撃すら容易にする。牟田は瞬時に、そこまでを読み切ったのだった。

彼らが母艦である空母赤城に帰投してみると、この予想が当たっているとしか思えない光景が展開していた。

　エレベーターで一式艦上偵察機が格納庫に入ると、そこでは帰還した第二次攻撃隊と第三次攻撃に参加しなかった第一次攻撃隊帰還機が、突貫作業で整備されていたのだ。

「おう、蝙蝠部隊、探したで！」

　格納庫の片隅で麦茶を飲み始めた牟田に声をかけてきたのは、この真珠湾空襲の総飛行隊長である淵田中佐であった。

　本来海軍の飛行士は少佐までで お役御免。中佐以上は地上勤務、あるいは艦隊付参謀や指揮官といった役職に就くのだが、この大規模作戦にあたって航空参謀源田中佐の進言で、淵田中佐が特例として中佐の地位のまま、飛行隊長に就いた経緯がある。

　逆に言うと、これまでにない強大な力を持った飛行隊長の誕生でもあった。

　その淵田が、牟田の肩を摑んで言った。

「第四次飛ばすで。着いてこいや、しっかり撮影してくれや」

「え？　もう決定事項ですか」

　牟田が驚いて聞くと、淵田がウィンクをした。

「最低限になっても飛ばしてみせるで。上も腹くくっとる。戦艦を全部食べ尽くすんや」

　すると、そこに一人の高級士官が駆け寄ってきた。参謀肩章を付けたその人物は、艦隊の航空参謀である源田実中佐だった。

「淵田、作戦変更だ。急いで部隊を編み直せ」

　淵田が怪訝そうに源田を見た。

「この期に及んでなんやねん、逃げた二隻の戦艦叩くんちゃうんか？」

「出たんだよ、もっと重要な目標が」

その報告が入ったのは四分前だった。

連絡を寄越したのは、最後まで真珠湾近海に留まっていた蝙蝠部隊の若狭隊長機だった。

「敵駆逐艦二隻と正規空母発見、位置オアフ島西北西、四〇海里地点」

当初哨戒の予定外地域である。

なぜこの敵を若狭が発見できたかというと、言ってみれば偶然の産物なのであった。

オアフ島各所の米軍基地は日本の攻撃で惨憺《さんたん》たる状況にあり、飛行場も多くは穴だらけの状態になっていた。

日本軍攻撃隊の迎撃に上がっていた米海軍の戦闘機の何機かが、基地ではない別方向に退避するのを発見した若狭が、直感的にこれを追跡させた。

最初はハワイ島やカウアイ島なりの非軍事飛行場へ退避するのかと思ったが、違っていた。

なんと彼らは、ウェーキ島から帰還途中だった空母エンタープライズへと向かっていたのだ。

若狭機はエンタープライズのバッファロー戦闘機に発見され追跡を受けたが、俊足にものを言わせ見事に逃げ切ってみせた。

この間に機動部隊では、第四次攻撃隊の準備が進む。

攻撃の中心は艦攻隊になる。

艦爆隊が第三次攻撃の主力になった関係であるが、航行中の艦船への攻撃には魚雷が適している。

しかし相手が空母であることから、本来ならその能力を奪うために、急降下爆撃は不可欠となる。しかし、帰還した第一次と第二次攻撃隊から転用可能な機体は、一一機しか居なかった。

第二次攻撃隊の消耗と被弾状況が思ったよりきつく、要修理機の割合がぐっと増えていたのだ。

「集計が上がってきたが、ここまで未帰還機、三七機だそうだ」

第四次攻撃隊を率いるため、甲板に陣取った淵田に源田が報告した。

「多いと思うか？　儂はこれは少ない方やと思っちょる」

淵田が鼻下の髭を指の背でこすりながら言うと、源田も頷いた。

「例のYT予測とやらでは、最大九〇機の被害の可能性もあった。そう考えればよく頑張った数字だと思う」

源田がそう言って制服のポケットを叩いてみせた。

「おいおい、最高機密を持ち歩いとるんか、お主」

その様子を見て目を丸くしながら淵田が言った。

「単に数値だけ抜き書きしてあれば、機密かどうかも判断できないだろ。要はどれが何の数値かを覚えておけばいいのだ」

「草鹿参謀長が聞いたら怒りそうな話やで、黙っときや」

「まあ白状する義理はないから黙っているさ」

その時、甲板長が発進準備完了を報せてきた。

「ほな行ってくるで」

淵田は源田に軽く手を振って、乗機に向かって走っていった。

この時、用意された第四次攻撃隊は、艦爆一一機に艦攻一八機、戦闘機護衛九機という陣容だった。やはり繰り返し攻撃による損耗と消耗で、出せる機体に限りが出てきたということだ。

そして蝙蝠部隊もまた事情は同じで、本来なら二機を出したいところなのだが、飛ばせるのは予備に残した六号機のみという状況だった。

「機長は牟田中尉で、ペアもそっくり入れ替えだそうです」

格納庫からエレベーターに運ばれる一式艦上偵察機の横で、飛行長からの伝令が機付整備員の田村《たむら》上兵曹に言った。

「そうか、帰還したばかりだが、一番安定して飛べるペアだからな」

その代わり機体はボロボロになって帰ってくるという言葉を、彼は飲み込んだ。

蝙蝠部隊はいわば寄せ集め部隊。偵察専門部隊なのだが、海軍の偵察科は水偵乗りが中心だ。

そこで、空母専従の部隊を作るにあたって、操縦士はすべて艦攻経験者、偵察員と航法は陸上攻撃機からもリクルートされた。隊長の若狭も、陸攻出身だ。

これにには理由があり、蝙蝠部隊はこの空母赤城に乗っている者だけではなく、他にも飛行隊を持っており、そちらは陸上基地に展開していたのである。

つまり、海と陸どちらでも長距離偵察が出来る部隊、いや正確には戦場記録の出来る部隊として編まれたのが蝙蝠部隊だったのである。

攻撃隊が慌ただしく発進し始めた。

今回はしっかり編隊を組んで進撃する。

上空で旋回し集合していく味方を見上げ、牟田の一式艦偵も舞い上がる。

攻撃隊は敵空母エンタープライズを目指して、突き進み始めた。

入れ替わるように、第三次攻撃隊が真珠湾から帰投し始めた。

「燃えてます。ど派手に燃えています」

赤城艦爆隊の植木《うえき》少尉が興奮した表情で、飛行甲板に居た源田参謀に報告した。

「概算でいい、どの程度のタンクを潰せたか判るか」

源田が冷静に聞く。

「少なく見積もって七割。三か所のタンク群のうち、フォード島と対岸のそれは壊滅です」

源田が満足そうに頷いた。

「となれば、真珠湾への追加攻撃は必要なさそうだな。後は時間との闘いか」

現在、日本の機動部隊には二つの懸念があった。

飛行場を叩いたとはいえ、そこに居る航空機を全て潰せたわけではない。滑走路が復旧したら敵は機動部隊に向けて攻撃隊を放つだろう。

そして発見した空母に攻撃を仕掛けたことで、湾口を脱出し外洋に出た戦艦二隻……帰還する第一次攻撃隊の数機からの報告によって、それがメリーランドとカリフォルニアである事が確認されていたが、この二隻は間違いなく、機動部隊発見に向け動き出している。

機動部隊には、護衛に四隻の金剛型戦艦がいるが、いずれも三六センチ砲装備の旧式艦だ。

対する二隻の米戦艦は、日本側より射程の長い三六センチ砲装備のカリフォルニアと、アメリカ海軍最大口径となる四〇センチ砲を備えたメリーランド。これはもし砲戦になったら、機動部隊が不利なのは間違いない。

何より、戦艦の追尾が的確であったら、夜戦の可能性があり、そうなると航空機による反撃は難しい。つまり、できるだけ早く敵戦艦との距離を離さなければならないのだが……

「敵空母攻撃に二の矢は出せない。源田にそう念を押してくれ」

赤城の艦橋に陣取っている南雲司令官が、草鹿参謀長に言った。

「やはり敵戦艦はこちらに向かっていると思いますか」

草鹿の言葉に、南雲が深く頷いた。

「重巡戦隊に水偵を発進させて、何とか敵を発見させるんだ」

草鹿が時計を睨んだ。

「なるほど、敵の正確な位置を摑み、特別攻撃隊を投入しますか」

「うむ、母船や他の潜水艦と併せて、波状攻撃も可能になるだろう。まあうまく位置が合えばの話だが」

「部隊への定時通信は一七分後です、そこで洋上突撃を命じましょう」

すぐに通信士官が呼ばれ、電文が作成された。

この電文は一七分後に発信されたが、その宛て先は、近海に遊弋《ゆうよく》しているはずの味方潜水艦部隊に宛てたものであった。

真珠湾攻撃に先立ち日本海軍は、ハワイ周辺に合計二四隻もの大型潜水艦を派遣していた。

無論、その主任務は偵察であるが、それ以外にも任務を与えられた部隊が存在していた。それが特殊潜航艇『甲標的』を搭載した五隻の潜水艦で構成された特別攻撃隊であった。

甲標的は電池魚雷を改造した主機関で動く、小型の二人乗り潜航艇だ。艦首に二本の魚雷発射管を有し、弾頭重量が大きく航空魚雷と同等の威力を持つ四五センチ口径の魚雷を放てる。

航空魚雷は、口径五三センチの通常の潜水艦魚雷と同じ太さだが、空中から投下するため外殻を頑丈にせねばならず相対的に火薬量が少なくなっているが、潜水艦の発射管から撃ち出す魚雷はこれを考慮せずとも良いのだ。

ただ実際には、早期爆発という言ってみれば暴発に近い敵到達前の爆発事故の危険はあるのだが、それでも全体重量に対する火薬総量は、航空魚雷の比ではない。つまり、四五センチ魚雷でも、戦艦や空母に十二分に被害を与えることが可能なのだ。

海軍はこの小型潜航艇を必殺兵器と捉え、既にかなりの数の量産に着手していた。

連合艦隊では、震度の浅い真珠湾では航空雷撃が困難ではないかという疑念から、空襲に先立ってこの潜航艇を湾内に潜入させることを企画していた。

だが、航空魚雷の改造で、湾内での航空雷撃に目途が立った事から、この作戦は取り止めとし、代わりに真珠湾攻撃を振り切り、湾口を脱出した敵が出た場合、これを待ち受け痛撃する作戦に切り替えた。

つまり、まさに今現出したこの状況を予測し、オアフ島近海に部隊を待機させていたのだ。

定時連絡受信のため、洋上に通信アンテナを上げた甲標的搭載の特別攻撃隊の各潜水艦は、敵戦艦北上中という通信に一気に奮い立った。

「ついに出番だな」

そう言って興奮気味に拳を叩いたのは、甲標的部隊を率いる岩佐《いわさ》大尉であった。彼は伊号二二潜の司令塔に居た。

岩佐は甲標的の生みの親の一人である。

この潜航艇の機関は元々電池魚雷だったが、航続性能は抜群であるものの、速度的に実用化が難しいものだった。だが、これを小型潜航艇の機関とする事で、潜水艦による敵泊地潜入といった困難な任務を果たせることを看過し、強く上層部に小型潜航艇の製作を訴えたのだ。

こうした運動によって生まれた甲標的……岩佐はその初代の隊長という立場で、現場に立つことになったのであった。

「真珠湾の状況はどうなってますかね」

興奮した表情で岩佐が聞いた。

「定時連絡の短い通信ではよく判らんかったが、戦果は大。つまり攻撃は成功という事だろう」

答えているのは、伊号二二潜の航海長河野《こうの》であった。

「他の潜水艦も全力で逃げた戦艦を追っているかもしれんな。オアフ島の南側には、びっしり味方が貼りついていたはずだ」

岩佐の予想は当たっていた。

日本の潜水艦隊はオアフ島の南側、つまり真珠湾の湾口が拓く付近を中心に、扇方に三段の監視ラインを敷き、ここに一二隻の潜水艦を投入していた。

陣容としては、特別攻撃隊母艦五隻が最高列の両翼に置かれ、残りが湾口部の見張りに二隻、その後詰に三隻、そして特別攻撃隊の補佐に二隻という割り振りである。

これの他に、カウアイ島との間に三隻、モロタイ島との間にも三隻の索敵ラインを構成しており、日本の機動部隊補足に向かった二隻の米戦艦は、この哨戒ラインにきっちりと引っ掛かっていた。

ただ日本の潜水艦部隊は、厳重な無線封止を行なっており、敵発見の報告を送れないまま潜航状態で追尾を続けていた。

この時、二隻の潜水艦がカリフォルニアとメリーランドを射程距離で捕らえたまま追跡していた。

この二隻は、オアフの北東で警戒していた伊号四潜と、その北側に単独行で警戒していた伊号七潜である。

それぞれ雷撃の機会を窺っていたが、角度的問題でここまで実現せず、じりじりとその距離を引き離されつつあった。

この二隻の潜水艦は、北北西を指向している。敵もまったく同進路なので、その艦尾しか潜望鏡で捉えられないのだった。

速度およそ一二ノットで進む米戦艦は、南東に向いている真珠湾の湾口を出て、最短で北に向かうルート、モロタイ島との間を抜けて北進し、日本機の戻る方向から空母の位置を類推し、オアフ島の北限付近から北北西に向かっているのだった。

日本側は、この動きをある程度予測していた。

蝙蝠部隊の若狭がカウアイ島方面でエンタープライズを発見した時、途中に戦艦の姿が見えなかったことから、この西側コースには戦艦は居ないと判断されていたし、若狭は真珠湾を離れる前に、敵戦艦がモロタイ方面に舵を切るのを確認していたのだ。

「機関全速、吹っ飛ばされるなよ！」

伊号二二潜の揚田《ようだ》艦長が、艦橋の上から甲板員に怒鳴った。

潜水艦の後部甲板では、固定された甲標的の発進準備が大急ぎで進められているのだった。

その作業に没頭する甲板員たちは、最大速度近い二三ノットで驀進を始めた潜水艦の低い乾舷からの波飛沫と風、そしてピッチングに悩まされながらも、的確に作業を進めた。

同時刻、定時連絡において戦艦追尾を命じられた他の特別攻撃隊各艦も一様に、浮上したままディーゼル機関を使って、全速での航行を開始していた。

当然、その甲板では甲標的の準備も進む。

潜水艦は潜水状態では速度が出ない。せいぜい数ノットでしか進めないのだ。しかし、洋上航行を行なえば、鈍足な戦艦を追いかけるのも不可能ではない程度の速度は出る。

特別攻撃隊の各潜水艦は危険と表裏一体の昼間の洋上航行を続ける。概ね二〇ノット超の速度で。もしこの状態で、敵の巡視艇などに出会えば危険極まりない……いや、絶体絶命の危機となる。

何しろ特別攻撃隊の各潜水艦は、主砲を取り外して甲標的を搭載している。つまり砲戦が出来ないのだ。

水上艦艇と出会ってしまえば、まず運命はそこまでだ。

一方的に叩かれて終わるだろう。

だが、今米軍は母港を空襲され、大混乱中だ、おそらく沖にあった艦艇は、空襲の終った真珠湾に救助のために呼び戻されていると思って間違いないだろう。

空白の海域だという仮定だけで、彼らは進む。

かなり薄氷を踏む賭けではあるが、それでも潜水艦隊はこの洋上追撃に全力を賭けた。

その間も空母を発った日本の機動部隊からの第四次攻撃隊は、敵空母エンタープライズを目指し突き進む。

そして重巡から放たれた偵察の水偵部隊は、戦艦の位置を求め索敵に進む。

こうしてハワイを巡る戦闘は、最終局面を迎えようとしていた。

5

日本、昭和一六年一二月八日。

もう正午に近い時間になっていた。

東京の皇居内に設けられた大本営では、東条首《とうじょう》相を中心に、真珠湾の動向に関する報告を聞くため陸海軍首脳だけでなく全閣僚が集まっていた。

「勝利は揺ぎ無いのだな。なら早々に開戦を報じて良かったのではないか」

やや甲高い声でそういうのは東条首相、そのすぐ横に海軍大臣の嶋田《しまだ》が居た。

「連合艦隊司令部から、機動部隊の安否確認が済んでからにしてほしいと強く念を押されておりますので、ここはもう少しお待ちいただきたい」

「打ち漏らした敵戦艦がおるのだろう。大丈夫なのか、空母は？」

陸軍参謀総長の杉山《すぎやま》が心配そうに訊いた。

「マレー方面の第一弾作戦を延期してまで傾注した真珠湾攻撃だ。成功以外に、皇国の得るべき答えはない。ここに敗すれば、初戦にして手詰まりと言って過言ではない。我が海軍はその全力をもって、敵太平洋艦隊撃滅に邁進している。戦艦二隻如きなにするものぞ」

そう強い語気で言うのは、海軍軍令部長永野《ながの》である。

「しかし、打ち漏らした敵戦艦のうち一隻は、ビッグ5と呼ばれている四〇センチ砲搭載艦の一隻メリーランドというではないか。もし射程に空母が捉えられたら……」

外務大臣の東郷《とうごう》が低い声で懸念を告げたが、すぐに永野がこれを打ち消した。

「心配はご無用。守りは鉄壁です」

「そうであってほしい」

東条首相が手を組み、そこに顎をのせて言った。

同時刻、広島の呉では連合艦隊司令長官の山本が、戦艦長門の艦上でやはり真珠湾の動向を気にしていた。

山本の執務室には連合艦隊作戦参謀の黒島《くろしま》ともう一人、およそ軍人らしからぬ風貌の、まったく日焼けをしていない若い士官が詰めていた。

そう、あの夏の日に、山本に真珠湾奇襲の断念を決意させた男だ。

「これが昨日、もう一度計算して出した可能性のすべてです」

若い士官がそう言って、書類の束を山本の前に提出した。

「YT案件としては、一〇件目の提示だな。機械は順調に仕上がっているという事なのかな」

山本が聞くと、青白い顔をした士官は首を振った。

「いいえ、機械そのものは既に夏の時点で、ほぼ完成状態なんです。改良にはまだまだ時間が掛かりますが、予測演算機能は十分な数値を出せる状態です。結果が変化するのは、入力した数値がどんどん変化しているからです」

「その数値というのが、敵の動向というわけか」

黒島が冬だというのに手ぬぐいで額の汗を拭きながら言った。長官室は十分すぎる暖房が効いており、汗かきの黒島には暑すぎるようであった。

「はい、その通りです。これは延期したマレー方面での明日以降の英軍の動きに関する予測です。開戦という事で、英軍は積極的に動いてきます。仏領インドシナへの攻撃も確実にあるとYTは警告してきました。英軍は爆撃機の数を揃えてきましたからね」

　黒島が深く頷いた。

「英軍は大急ぎでインド洋の戦力をシンガポールに向かわせると思うのだが、その辺も予測されているかな」

　若い士官が頷いた。

「はい、最大、空母二隻戦艦二隻の増強が有り得ますね」

　パラパラと書類をめくっていた山本が視線を上げて訊いてきた。

「鷹岳《たかおか》特務少尉、真珠湾に関しては、新たな予測は出ていないのかな」

「もし、機動部隊が一隻の空母も沈められなかった場合、米軍のこの先の戦略に大きな変化があると予想されています。沈められずとも、一隻でいいので大きな被害を与えられれば、米軍は向こう二か月は大きな作戦を行なえなくなると予想されています」

　その時、執務室の扉がノックされ、伝令が通信室からの報告を持ってきた。

　これを受け取った黒島が、にやりと笑いながら電文を山本長官に手渡した。

「なら、米軍に関しては封じ込めに成功ですわ。第四次攻撃隊が、敵空母エンタープライズに魚雷三本を命中させて大傾斜させました」

「撃沈の確認は出来ていないのか？」

「ですね」

　二人のやり取りを聞いていた鷹岳が言った。

「撃沈出来なかったとしても、蝙蝠部隊には出来るだけ長く敵の観察をしてほしいのです。敵の被害を受けてからの動きは、今後の敵の作戦予測と表裏一体になります」

「その辺は、出撃前にしっかり叩き込んでおいたつもりだが」

黒島が言うと、山本が手を上げた。

「念には念をという事だ。機動部隊経由で命令を出させるとしよう。今からすぐに無線を打てば、十分間に合うだろう」

山本がすぐに鉛筆を握り、わら半紙に電文を書き込んだ。

当番士官がすぐに呼ばれ、電文は長門通信室から遥かハワイ沖の機動部隊に向け発信された。

機動部隊との通信には念のために中部太平洋に通信特務艦を忍ばせてあり、ダイレクトで機動部隊が日本からの通信を傍受できなかった場合に備え、中継を行なっている。

この時は、特務艦の助けを借りずとも機動部隊は長門からの通信を傍受できた。


「蝙蝠に緊急だ」

赤城の通信士官は、南雲長官に報告するのと同時に、まだ戦場に留まっている蝙蝠部隊六番機に通信を打った。

「帰投燃料ぎりぎりまで観察しろって言うのか。飛行甲板も破壊したから戦闘機に叩かれる心配はないが、こりゃ帰りは夜間着艦になるぞ」

命令を受け取った牟田中尉は、眼下遠くに見える大傾斜したエンタープライズを望見しながら言った。

「機長、気づきましたか」

操縦士の野坂が伝声管を通して牟田に言った。

「何かな？」

野坂がエンタープライズを示しながら言った。

「火災、おさまりつつあります。たいした消火能力ですよ。二五番（二五〇キロ爆弾）を格納庫に放り込まれたのに、その火災を小一時間で鎮火させちまうなんて」

牟田が、「むう」と唸った。

おそらくこういう事を記録しろ、と連合艦隊司令部は言ってきているのだ。

蝙蝠部隊が記録を命じられているのは、戦闘経過だけではない。攻撃直前や直後の敵の配置、さらには被害を受けた後の対応。とにかくできるだけ長時間にわたって、敵の動きを記録するのが彼らの任務なのであった。

この時、牟田の目の前の無線に、電信による通信が聞こえてきた、

牟田はすぐに内容を、膝の上に置いた画板上のメモ用紙に書き留め始めた。

「おお、こりゃ金星だ！」

「どうしました？」

機銃手の大崎が振り返って牟田に聞いた。

「潜水艦部隊がやりおったぞ。米戦艦一隻、仕留めた！」

「なんと！」

狭い機内で三人は喝采を上げた。

ちょうど第四次攻撃隊が、エンタープライズ攻撃を終えて帰還し始めたころだった。

哨戒海域から全速で戦艦を追尾していた特別攻撃隊の潜水艦のうち伊号二二潜と二四潜は、偶然にも近い形で機動部隊捕捉に向かう米戦艦を探知した。

角度的に言うと二〇〇度の位置での遭遇、つまり左後方から敵に接近したわけである。

二隻の潜水艦は、すかさず甲標的を発進させ、同時に潜行して戦闘態勢に入る決断を下した。

この時、彼我の距離はおよそ二〇〇〇〇メート

ル。潜水艦側は戦艦のマストと艦橋上部をかろうじて視認出来ただけ。その一方で、戦艦側は、背の低いシルエットの潜水艦を発見できていなかった。というか、そもそも背後方向の見張り自体が薄かったのである。

アメリカは潜水艦がいたとしても、交戦距離はせいぜい五〇〇〇メートル程度と思い込んでいた。

これは、アメリカが保有する魚雷の性能に基《もと》づいた推測であったが、日本側の魚雷は彼等が考えているより遥かに高性能で、潜水艦搭載の九五式五三センチ魚雷は、トップスピードの四九ノットで九〇〇〇メートルの射程を持ち、速度を落とせば優にこの二倍の距離を滑走できた。

「長距離魚雷戦用意」

急速潜航後、潜望鏡が海上に突き出るやいなや、これにしがみついた揚田《ようだ》艦長が静かな声で告げた。

潜水艦は静粛が基本。海外では潜水艦隊をサイレントネービーと呼ぶが、水面下を忍び寄る彼らはまさに、抜き足差し足で忍び寄る刺客に他ならなかった。

この時、南一キロの地点で、伊号二四潜がほぼ同時に敵を発見し潜航、共に甲標的を海中に放っていた。

「追いつけるかはわからんが、とにかく前進あるのみ」

母艦から分離した甲標的一号艇の岩佐は、潜望鏡を覗きながら機関士佐々木《ささき》に告げた。

同時に伊号二四潜から発進した甲標的二号艇でも、艇長の横山《よこやま》中尉が機関士の上田《うえだ》二等海曹に怒鳴っていた。

「電池が焼き切れるまで回せ。敵に母船の魚雷が当たれば、必ず減速するはずだ。機会はある」

二隻の甲標的は半潜航、つまり司令塔を海面に出した状態で進撃した。

その間に、二隻の母艦は魚雷戦の準備を整えていた。

「前部発射管、全門注水」

水雷長の指示が飛ぶ。発射管には既に八本の九五式酸素魚雷が装塡されていた。

酸素魚雷は無航跡魚雷とも呼ばれ、エンジンの吸気に純酸素を使う事によって排気の気泡が生じない、発見しにくい魚雷であった。

元々は水雷戦隊の駆逐艦が装備する九三式六一センチ魚雷に組み込まれていた仕組みを小型化し、潜水艦搭載の五三センチ魚雷に仕立てたのが、九五式魚雷であった。

「軸線良し、魚雷てーっ」

艦長の声が響き、まず伊号二二潜から八本の魚雷が放たれた。

遅れることおよそ一分、今度は伊号二四潜からやはり八本の魚雷が撃たれた。

この時、二隻の潜水艦に狙われていたのは、米戦艦メリーランドであった。

カリフォルニアもメリーランドも、最大速度は二〇ノット程度なのだが、この時、運悪くメリーランドが八基ある主缶のうち二基にまだ火が回り切っておらず、最大出力が出せずにいた。

このため、先行するカリフォルニアとおおよそ一海里の差が開いた状態、速度およそ一四ノットで進撃中だった。

戦争にもしもは禁物であるが、メリーランドが全速で進むことが出来ていたら、日本の潜水艦に捕捉されるのはさらに先の海域になっていたはずで、最悪は機動部隊がその主砲の射程に入った後であったかもしれない。

だが運は、日本海軍に味方した。

アメリカ兵たちに攻撃されていることを察知されないまま忍び寄った魚雷は、メリーランドの艦尾を襲った。

命中二本。

一六本の魚雷の成果としては少ないかもしれない。だが、艦尾やや左からの攻撃、戦艦のもっとも小さいシルエットを的に放ち、命中弾を与えたのだから、これは戦果大というべきだろう。

突然の揺れに、メリーランドの乗員たちは驚愕した。

自分たちが雷撃されたと気づくまで、一拍の呼吸が必要だった。

「対潜水艦戦用意」

それが雷撃だと気づいた砲術長が叫んだが、それは彼が巡洋艦の砲術長を長年務めたがゆえの癖《くせ》とでも言うべき叫びだった。

なぜなら戦艦メリーランドには、対潜水艦攻撃のための装備は搭載されていなかったからだ。

それでも、既に配置に就いていた副砲や対空砲座の砲手達は、それぞれの砲の砲身を水平以下、とにかく限界まで下げ海面を睨ませた。

だが潜水艦の姿は見つけられない。

二発の魚雷を受けたメリーランドはガクンと速度を落とした。抵抗の大きい戦艦である。その減速は目に見えて大きい。速度は瞬く間に、一桁台に落ちた。

命中した魚雷は、主舵とスクリュー二基を吹き飛ばしていた。このため、メリーランドは事実上前に進む力を失ってしまっていたのだ。

この様子は、海中の伊号潜水艦と甲標的からも確認できた。

「しめた！」

敵の動きが停まった事に、岩佐が好機到来を見た。

「射程いっぱいいっぱいで撃つぞ」

岩佐は佐々木に告げると、潜望鏡で敵戦艦との距離を測る。

甲標的が積む九七式魚雷は、固定ギアで速度四六ノットで射程五〇〇〇メートル。ただし、空走距離もあるので、実際には六〇〇〇近い最大射程がある。

全速で進んできた甲標的一号艇は、敵との距離五〇〇〇きっかりで、前部の二発の魚雷を放った。

この三分後に、二号艇も魚雷を放った。

じりじりとした時間が過ぎ、ついに甲標的が放った魚雷は、極端に速度の落ちたメリーランドの艦尾付近に立て続けに炸裂した。

四発全弾命中。

爆発は船のキールを大きく歪め、艦尾だけが極端に捻じれた。

この爆発と捻じれで、大きな亀裂が船体の後部に生じ、ここから大量の海水が船内に流入を始めた。

運の悪いことに、この海水はすべて機関室へとなだれ込んだのである。

四発の魚雷命中からおよそ五分後、米戦艦メリーランドのボイラーは海水によって水蒸気爆発を起こした。それも連鎖的に。

爆発は後部の主砲塔を吹き飛ばし、五〇メートル以上離れた海面までそれを運んだ。

後部甲板が大きくめくれ上がり、そこから大量の黒煙と水蒸気が噴出する。

この主缶爆発で、四百人を超える戦死者が出た。

しかし、これを集計する暇はメリーランドには無かった。

艦が急速に沈没を始めたのだ。

「総員退艦、急げ！」

艦長が叫ぶが、既に艦の電気系統は死んでおり、艦内に放送は流れなかった。

それでも伝声管を使い、船底などへ命令は伝達され、水兵たちは我先にと甲板に殺到した。

メリーランドが水没するまで二〇分とかからなかった。最初の攻撃からおよそ三〇分、アメリカ海軍の誇るビッグ5の一角は、カウアイ島の北東付近で永遠の眠りについたのであった。

メリーランド轟沈の報は、先行している戦艦カリフォルニアにももたらされた。

「進撃を中止するしかあるまい」

戦艦カリフォルニアのスミス艦長は、単独での進撃は利が無いと判断し、追撃の中止を命じた。

そして潜水艦警戒のため、真珠湾で生き残った巡視艇を直ちに呼び寄せる事にした。

この判断は正しかった。

日本側の伊号七潜が、この真珠湾から急行する途中の巡視艇の一隻に捕捉され、爆雷攻撃を受け大きな損害を受けたのだった。

伊号七潜はかろうじてサイパンまでたどり着いたが、深い震度への潜航は不可能なほどのダメージを受けており、本土の回航後、実に九か月も改修に時間を要することになった。

空母エンタープライズにぎりぎりまで貼りついていた蝙蝠部隊六号機は、赤城に現地時間の午後七時半すぎに帰投した。

既に薄暮を過ぎ、空は宵闇に変わっていたが、母艦では危険を承知で着艦用照明を点し、偵察機の帰還を支援した。

危なげなく着艦した一式艦偵は、そのままエレベーターで格納庫に下げられる。

「フィルム回収急げ！　現像室の準備は出来ているか？」

機体と一緒に格納庫に下がった牟田が、蝙蝠部隊専用の機付兵に叫ぶ。

整備兵たちは直ちに後部座席の下に置かれた電動カメラから、大きなフィルムパックを取り出す。

これはトータルで三時間の撮影が可能な長尺で、その直径は六〇センチもある。これがフタコブラクダのように、自動カメラにマウントされていたのだ。

この他にも短尺で撮る引き専用のカメラも存在し、すべてのフィルムがそれこそあっという間に回収されていった。

このフィルムは、赤城の艦内に設けられた現像室で大急ぎで現像される。

そして極秘の判を押され、保管される。

日本に帰港する際、これまでに撮影された膨大なフィルムは連合艦隊司令部に提出される。

艦がそのまま戦闘行動をする場合は、帰国する艦船、あるいは航空機に搭載されて運ばれるという手筈だ。

蝙蝠部隊が知っているのはそこまでだった。

司令部に届けられたフィルムがどのように使われるのか、彼らは知らされていない。無論、防諜のためだ。

一部の参謀や司令官たちは、このフィルムがある分析に使われると認識していた。

これは間違っていないが、本質的には違っていた。分析は二次的……というか副次的な作業であり、最も重要なのは、これらのフィルムに映し出された事象を『読み込む』作業なのであった。

　この作業を行なう部署は、隠語でのみ表されている。

　ＹＴ、それはこう呼ばれていた。

　より事情に詳しい人間は、ＹＴ研究班と呼んでいた。

　連合艦隊司令長官の執務室に居た鷹岳少尉は、このＹＴ研究班の主要なメンバーだった。

　日本でも午後の時間が過ぎゆく中、連合艦隊司令部は真珠湾攻撃の完全勝利を確信し、大本営に向け、開戦の報告を国民に行なっていいという趣旨の連絡をした。

「機動部隊は七二時間の無線封止に入った。最後に受信した被害状況がこれだ」

　山本長官はそう言って、連合艦隊参謀長の宇垣《うがき》にメモを示した。

「未帰還機、四四機ですか。これは少ないと捉えるべきですか？　小型空母一隻分を超える未帰還を出したことになりますが」

　宇垣が深刻な表情で言った。

「強襲でこの程度の被害は、軽微と考えるべきだ。ＹＴ予測の中間値ともほぼ一致している」

　宇垣が鷹岳の方を見た。

「少尉、予測の中間値は？」

　鷹岳が冷静に答えた。

「四五です。つまり作戦が失敗になったと判断するのは、未帰還機が九一機を超えた時になりますね」

「非現実的な数だ。攻撃隊の三分の一が墜とされるなど」

　宇垣が顔をしかめた。

「そうだな、我が精鋭に似つかわしくない数字だ。

しかし、ボタンを一個掛け違えたら有り得た損害だと認識しろ」

山本が厳しい表情で言った。

「つまり、YTの指示に忠実に従ったからこその勝利だったと、仰りたいのでしょうか」

宇垣がやや険のある声で、山本に訊いた。

「いや、私が言いたいのは……」

山本が両手を組みながら言う。常に手袋で欠損した指を隠しているが、今その欠けた指には義指が装着されていた。山本はその組んだ指にぐっと力を込めて、言葉を続けた。

「指示に従ったからこその被害だった、という事だ」

「被害……」

宇垣が怪訝そうな顔をした。

「そう、被害だ。もしYTの指示に逆らって奇襲に拘っていたら、被害はもっと軽微だったろう。事前予告のせいで被害は増えた。そこは、強く認識しておかねばならない」

宇垣が片手で額を押さえながら、山本にもう片方の手をかざした。

「YTは、わざわざ損害を増やした。その事実を認めるという事ですね」

まだ何か言いたそうな宇垣を、山本は遮って口を開く。

「見るべきは大局である。大本営から連絡があったが、ワシントンで我が国の大使館員がアメリカに宣戦布告の最後通牒を突きつけたのは、真珠湾攻撃隊が空襲を予告した一時間二〇分後だったそうだ。もし奇襲になっていたら、アメリカは騙し討ちだと言って、騒いでいたろう」

口を開きかけたまま宇垣は動きを止め、ついに首を大きく横に振った。

「味方の犠牲を増やしてでも大義名分を取る。それがYTのやり方なわけですか」

「いいえ、一概にそうとは言えません」

いきなり鷹岳が口を挟んだ。

ちょっと意表を突かれた感じで、宇垣が鷹岳を見た。

青白い顔の特務少尉は、不動の姿勢のまま参謀長に言った。

「今回の作戦は特殊な例なのです。信じるかどうかはご自由ですが、私は奇襲になった場合の日米双方の被害状況の詳細な記録を持っています。予測の根底にこれを使ったからこそ、損害が増える方向の予測を提示せざる得なくなりました。しかし、YTの精度がより精密になっていけば、味方の被害を最小にする方向で、あらゆる作戦の計画が可能になるはずなのです」

宇垣が眉間に皺を寄せ、鷹岳に聞いた。

「いったいYTとは……」

一度言葉を切ってから、宇垣は慎重にそれを選び問うた。

「何者なのだ?」

鷹岳も慎重に言葉を選んで答えた。

「無論、機械です。ただ……」

ごくんと唾を飲み込んでから彼は言った。

「あいつは生きています」

この言葉を聞くと山本長官は、ふっと微笑み、宇垣参謀長はただ眉間に皺を寄せ、首を傾げるばかりであった。

第2章　YT研究班と第四研究所

1

開戦から七日が経過した。

その間に日本軍は、香港を容易に攻略占領した。

そもそも満足な兵力が配されていなかったので、抵抗は数時間で押さえ込まれ、英軍と植民政府はあっさり降伏した。

そして蘭印にも開戦初日に上陸と空挺降下を行い、瞬く間にその過半を占領した。

日本軍は防備の手薄な西部ボルネオを真っ先に占領し、それから東部の産油地帯に攻め込む態勢を整えた。

さらにフィリピンの米軍に対しては、台湾の航空部隊から連日の航空攻撃を仕掛けていた。

フィリピン攻略の陸軍部隊は、既に上陸準備を終えており、一両日中にルソン島へ侵攻する見込みであった。

その一方で、開戦前に一時は真珠湾と同時進行を考慮されていたマレー半島及びシンガポールへの攻略作戦は、いまだ延期されたままであった。

この日本軍の鈍い動きを見て、英東洋艦隊の動きが活発化することになった。

英軍の情報部の解析によって、日本は連合艦隊主力をこの方面に派遣するという観測が大勢を占め、一時インド洋に退避していた中型空母フォーミダブルと小型空母ハーミーズが、シンガポールの戦艦プリンスオブウェールズとレパルスに合流すべく、インド洋の英軍泊地であるデュエゴガルシアを発った。フォーミダブルは、座礁した新造空母インドミダブルに代わってシンガポールに派遣されていたものを一時的にインド洋に退避させていたのだが、再びこれをシンガポールに戻す形になったのだ。

この動きは、インド洋方面に広く展開した日本の潜水艦部隊の偵察の網に引っ掛かった。

出航直後の両空母は、重巡数隻を伴い東へと急ぐ姿をはっきり確認されたのである。

これらの戦力は、早ければ年末前にはシンガポールに入港すると目されていた。

対してこの時期の日本海軍の動きを見ると、まず真珠湾攻撃を終えた機動部隊を、トラック島の泊地まで後退させた。真珠湾の攻撃地点からトラック島までは、五日の航海であった。

トラックは日本の信託統治領で、言ってみれば準内地である。

機動部隊はここで補給を受けた後、一部の空母戦隊が、棚上げされていたウェーキ島の攻略援護に向かった。

ウェーキ島の攻略作戦も本来は開戦直後に始動するはずだったのだが、YT予測に従う事になった結果、上陸が延期になっていた。

当初予定されていた上陸戦力は、特別陸戦隊二個大隊相当であったが、YT予測は倍の戦力を要求。これに応えるために急遽、部隊編成が見直されたので、開戦劈頭の上陸に全部隊招集が間に合わなくなったのだ。

上陸船団は小笠原から出発し、トラックから分派された第二航空戦隊と合流する手筈である。

一方、まだ内地を動かない戦艦部隊は、ようやくその重い腰を上げるため最後の補給作業に入っていた。艦隊の出撃にあわせ、連合艦隊司令部も出陣するらしく、呉を中心に横須賀や佐世保でも慌ただしい動きが見られた。

開戦から一週間の間の戦況は、全体的に日本軍優位で進んでいる。

蘭印の戦場での優位は揺るがないように見え、まだ生起していない艦隊決戦を前に、全部隊が気を引き締めている状況だ。

しかし、まだフィリピンもマレーも本格的な反撃が始まっておらず、その意味では決して予断を許さない状況なのは間違いない。

戦争を早期に有利な状況に持ち込むのには、両方面での勝利が必須と思われる。

いや実際、YT予測では、それを強く求めてきていた。

フィリピンとマレー方面の勝利は、日本にとって戦争継続のための絶対条件と言えた。

特に英東洋艦隊に関しては、早急にこれを叩く必要がある。

ドイツが英国本土を睨んでいる現状で、英国艦隊の増強は停滞している。

英海軍の殲滅がなされれば、西部太平洋からインド洋までもが、日本海軍にとって活動できるテリトリーとなる。

なんとしても英艦隊を一網打尽にする。そこまでは戦略として見えてきている。

だが、まだ日本はその対英決戦への最終的な動きを見せてはいない。

小さな勝利を、まず確実に積み上げる。それが目下の目標と思われた。

そんな戦争序盤の状況ではあったが、内地である日本の瀬戸内海には、まだどこかのんびりした空気が流れていた。

連合艦隊の一大根拠地である呉沖の柱島泊地には、海軍の主力である戦艦部隊が停泊していたが、その中にひときわ目を引く巨大なシルエットがあった。

戦艦大和《やまと》。

つい二日前に竣工したばかりのピカピカの新造戦艦である。しかも、その大きさは世界最大。主砲に至っては、どこの国の海軍も採用していない四六センチという巨大なものを搭載した、超巨大戦艦なのであった。

その戦艦大和の旗留索には、長官旗がたなびいていた。

つまり、早くもこの新戦艦は連合艦隊の旗艦に任じられたのである。

本来ならまだ各種の試験などもこなさなければならない大和なのだが、現在は出撃に向けての、つまり実戦に臨むための補給の真っ最中であった。

艦の上と言わず周囲と言わず、慌ただしく兵員が動き、各種の小型船が接舷しては離れてを繰り返している。

その大和の前部甲板には、左右を突っ切る通路が臨時に作られていた。

大和が巨大すぎて、泊地の端から端に向かう場合、人員はこの艦を徒歩で横切って、別の小型艇に乗った方が早く着くのだ。

その歩道の柵の途切れた地点で、一人の若い士官が何か書類を調べていた。

「組立作業は終わったのか？」

いきなり声をかけられて振り向いたのは、鷹岳特務少尉であった。

　声をかけたのは、なんとこの大和の艦長の高柳《たかやなぎ》大佐である。

　高柳は艤装段階からこの艦に乗り込み、隅々までも熟知していた。それゆえか乗員たちには、神出鬼没と綽名を付けられていた。

「据え付けは完全に終わりました。艦の電力も問題なく回ってきております。午後から新しい計算の出力を開始します」

　鷹岳の言葉に、高柳は満足そうに頷いた。

「連合艦隊司令部の大和への移動も完結した。貴様たちにはしっかり活躍してもらわねばならん」

　鷹岳は小さく頷いた。

「心得ています」

　その鷹岳の肩に手を置いて、高柳は言った。

「貴様を含め、YT研究班は風変わりな奴しかおらん。一般兵に奇異な目で見られる事もあるだろうが、くれぐれも防諜には気をつけてくれ」

　鷹岳が人差し指で、制帽の隙間から頭を掻きながら答えた。

「なるべく研究班の縄張りから出ないようにしますよ。他の者にも注意を促します」

　一介の特務少尉が海軍大佐に取る態度としては不遜に見えるが、これは鷹岳をはじめとするYT研究班の班員だけに許された特権とも言えた。

　YT研究班のメンバーは、形式上は海軍軍人なのだが、実際には民間における科学者の集団を軍籍に組み込んだもので、言ってみれば全員が『お客様』なのである。

　その集団を実質的に率いているのが、鷹岳省吾なのであった。

　彼は元々は、帝大の学生である。

専攻は機械工学であったが、物理学にも精通していた。

彼が海軍に身を投じたのは昭和一五年の四月だった。

そこに至るには、信じがたいドラマがあった。

それを少し覗いてみよう。

鷹岳には許嫁が居た。名前を田伏雪乃《ゆきの》という。この雪乃も物理学と機械工学を専攻する学生だった。しかも、鷹岳に輪をかけて優秀な頭脳を持った、天才と言える科学者であった。

一介の学生の身ながら、昨年から研究室を丸ごと任されているくらいだから、その能力の高さが窺えよう。

鷹岳は一部の研究で、彼女と共同で機器開発なども行っており、その技術力の高さも確かなものであった。

鷹岳から見ても、雪乃は掛け値なしの天才であった。物理学だけでなく電気工学にも通じていたし、それを基に、最新の研究であるブラウン管技術で独自のテレビ実験を行ない、その送受信を成功させた。

まだ日本国内でこの段階まで研究を進められた研究者は居ない。

彼女はほぼ独力で、日本の最先端技術を半歩リードしてしまったのだ。

これは世界にさきがけTV放送を実用化したドイツの技術を、一個人で達成した事を意味している。

その雪乃は、一年半ほど前から、秘密裏での実験開発を始めた。

一言で言えばテレビを応用した無線通信手段の開発なのだが、雪乃の唱えた理論は世間の常識を覆す代物だった。

従来の電波ではなく電磁波を利用し、中継基地局無しでも世界の裏側とやり取りできる。しかも映像付きで……という突拍子もない通信手段の確立が、その骨子《こっし》であった。

もちろん鷹岳はこれを一笑に付したが、雪乃は真剣にこれを完成させてみせると言い、何とアメリカのニコラ・テスラ教授と個人的にやり取りをしてまで理論補強を行った。

そして実際に、機械の開発に着手した。

鷹岳がこの時に聞いたのは、映像を伴う新技術を使った画期的通信装置を開発するという概念的なものだけで、実際に彼女がどんな装置を組んでいるのか把握していなかった。

彼が想像したのは、せいぜい後の世で言うテレビ電話程度の代物だった。

しかし、実際に彼女が携わっていた研究は、とんでもなく時代を先取りしたものだったのだ。

そしてある日、唐突に彼女は鷹岳に対して
「しばらく会えない」

という趣旨の手紙を寄越した。

これが昭和一四年に入って、まもなくの頃だ。

その後、雪乃はぱったりと鷹岳との連絡を絶った。手紙も電話も一切来なくなったのだ。

いったい何があったのか判らず、鷹岳から手紙を書くが、何かを含む感じで『今は事情があってどうしても会えない』という返事が一通返ってきただけだった。

しかし彼女の心が離れたわけではないのは、封筒に書かれた文字の雰囲気などからも、うっすらと感じ取れた。

何か研究に没頭する必要があるのだろう。

手紙の文面からそう読み取り、鷹岳は雪乃との距離をそっと置いて、彼女の研究を見守った。

そして、唐突に彼女からの呼び出しが来たのが、昭和一五年三月五日のこと。

呼び出しは、電報と言う形でやって来た。

「スグニアイニコイ」

この文面を受け取った鷹岳は、胸騒ぎを感じながら夜行列車に飛び乗り、京都を目指した。

夜行列車で名古屋まで着いた鷹岳は、休息する間もなく朝一番の快速列車で京都を目指した。

雪乃の家は、京都の北側にある古い屋敷。ほぼ一日かけて東京から京都に来た鷹岳が、田伏家の門を潜ったのは、三月六日の昼をかなり回った頃の事であった。

およそ一年ぶりの再会。

そして、この時初めて鷹岳は、彼女がとんでもない発明をしていた事を知らされるのである。

田伏家の住み込みの女中に案内され客間に向かうと、卓袱台の向こうに、雪乃が正座して待っていた。

「省吾はん、海軍に入ってください」

鷹岳と向き合うなり、彼女は開口一番、そう言った。

無論、鷹岳は面喰ったし、そもそも彼女の口から飛び出すとは思えない言葉だった。彼女は戦争を嫌っており、中国から早期に日本は手を引くべきだと、以前から公言していたくらいなのだ。

「ど、どうしたんです、雪乃さん」

「ごめんなさい、話を急いでしもうたわ。あのね、この国はもうすぐ大きな戦争に突入するの」

「今戦っている中国とは別に、という事かい？」

雪乃は頷いた。

「その戦争で日本は負けてしまうんよ。せやから省吾はん、日本がその戦争に勝つ手助けを、海軍でしてほしいんよ」

鷹岳は思わず手をかざして、雪乃を制止した。

「ま、待ってくれ。話にまったくついていけない」

雪乃がしまったという顔で、舌をちょろっと出してから言った。

「あかん、また急ぎすぎてもうたわ。ほな簡単に言うけどね、まずだいたい一年半後に、日本はアメリカやイギリスと戦争を始めるんよ」

「なんでそんな決めつけたような言い方をするんだい」

鷹岳が怪訝さを隠そうともせず聞いた。

「それが逃れようのない事実やからよ。これはね、決まっている未来の話なんよ。うちら、この未来から逃れられへんの」

正直言って、しばらく会わない間に雪乃の頭が少し怪しくなったのではないか、と鷹岳は思った。

だが次の言葉で、そうではないと気づいた。

「これは不確定理論に基《もと》づく未来方向の予測なんかやあらへん。逆に、決定した未来方向からの干渉による過去への介入なんよ。せやから、ほんまはこの話を貴方にもしたらあかんかったの。でも事情が変わってしもうたから」

「待ってくれ、今とんでもないことを！」

雪乃のさらっと言った言葉の意味を瞬時に理解した鷹岳は、腰を浮かせて雪乃に顔を近づけた。

「省吾はん、顔が近いわ、少し落ち着いてんか」

顔を赤らめ少しのけぞりながら雪乃が言った。

「ご、ごめん、でも君が今言った話を信じるなら、君は未来の人間と……」

みなまで聞かずに雪乃が頷いた。

「そうや。うちは未来の人間と連絡を取ってたんよ、ついこの間まで」

「信じられない……」

鷹岳が両手で頭を挟み押さえた。

「その相手から聞いて、知ってしまったことがあるんよ。そやけど、それを教えたら歴史を変えることになるから、今まで省吾はんに何も言えへんかった。でももうその心配をしなくてようなったから、省吾はんに会う事にしたの」

鷹岳は混乱しつつある頭を必死に整理しようと回転させたが、雪乃の話についていくのはなかなか難しかった。

必死に頭を回転させようとする鷹岳に、雪乃はぴしゃりと言った。

「省吾はん、貴方はこのままでは陸軍に召集されて、南の島で戦死してまいます」

鷹岳は目を真ん丸にして雪乃を見た。

もっとも、突然自分が死ぬと言い切られたら、普通の反応かもしれない。

「言葉で言うてもなかなか信じられへんやろから、今日は証拠を持ってきてるわ。これ見たら省吾はんも納得しはりますよ、絶対に」

そう言うと雪乃は、座布団の脇に置いてあった四角い風呂敷包みを解いて、一枚の黒い板のようなものを取り出した。

表面全面は一枚のガラスであるようだったが、周囲は見慣れない材質で出来ていた。

「セルロイド？　いやベークライト？」

「ちゃいます、あっちの世界ではプラッチック言われとるそうです」

「ぷ、ぷら……」

「石油化合物やそうよ、正確にはポリ何とか言うたけど、種類多すぎてさすがに覚えられへんかったわ。これ何度でも再生利用できるんやて」

「ほう」

研究者の目に戻った鷹岳が、興味深そうに物体を見つめて聞いた。

「それで、これはいったい何なのかな。確かに見慣れない物体だけど、これだけで未来と結びつけるのは……」

言葉が終わる前に雪乃は行動していた。黒い板の側面にあるボタンを、彼女は押した。

「えっ！」

ガラス面にいきなり映像が出たので、高岳は驚いて表情を固まらせた。

令和の人間には見慣れているWindowsの起動画面が、そこに現れていた。

そう、雪乃が取り出した物体は、未来世界の田伏由佳……つまり雪乃の子孫が送り込んだタブレットPCだったのだ。

雪乃は指を伸ばし画面をさっとなぞって、パスワードを解除した。

「写真？」

鷹岳が言ったのはバックグラウンドの事であったが、無論その目には多くのアイコンも映っている。これをタップすればアプリは起動する。だが、雪乃はあえて飛び道具を使用した。

「ＳＩＲＩ、アーカイブの第二次世界大戦の写真をスライドショーにして」

「はい、第二次世界大戦の写真をスライドショーにします」

いきなり喋ったタブレットに、鷹岳は思わずのけぞった。

無理もない。彼の目から見れば、一枚の板切れに過ぎない物から音声が出るなど、想像を絶していよう。

　そして驚いた鷹岳は、更なる驚愕に表情を青ざめさせることになった。

「写真がどんどん変わっていく」

　最初はタブレットに表示され一定間隔で変化する写真に驚いた鷹岳だったが、すぐに写真に写っている内容そのものに興味が移った。

「こ、これは……」

　戦争の写真。それも見たこともない物ばかり。それは日本だけでなく欧米の物も含まれており、いつしかそこにカラー写真も混ざるようになった。

　鷹岳は沈黙し、移り変わっていく写真を真剣に見つめた。

　新聞で見た覚えのある戦艦や空母が燃えている写真もあった。見知らぬ都市を陥落させ、万歳する日本軍、直後には海岸線に多数の屍となって横たわる日本兵の姿。さらには欧州らしき戦場で敵を駆逐する巨大な戦車の群れ、雪の原野でどこまでも続く捕虜の隊列、とにかくすべての写真が彼には初見だった。

　それも当然だろう、ここに映し出された光景は、まだこの世界では生起していない事象なのだ。

「これがみんな、これから起こる出来事なのか？」

　鷹岳が驚き呟くと、雪乃が頷いた。

「もうすぐや。ほら見て、この焼け野原になってるんは東京。そして次に出てきたんは、広島。ここにはね、原子爆弾言うんが落ちて、一発の爆弾で十万人以上が死んでしまうんよ」

　これを聞いて鷹岳が「あっ」と声を上げた。

　鷹岳はつい最近、その原子爆弾と言う名に結びつくであろう核分裂に関する英文の論文に、目を通したばかりだったのだ。

　スライドショーが終わり、雪乃は器用にタブレットの表面をタップし画面を格納した。

「この機械、タブレット言うんやけど、これが送られてきたことで未来との接触は終わってもうたわ。省吾はんならわかりはるわよね。これは未来からの過去への過干渉。つまりうちらは、このタブレットを送ってきた未来と違う歴史を歩み始めてもうたの」

　鷹岳はすぐに頷いた。

「当然だ、こんな未来の科学力を結集した様な代物を送ってきたのだ。歴史も歪む。本来こうなるはずだった世界と、僕たちは違う道を歩み始め、二つの世界を繋ぐ接点が消えたんだね。それくらい、すごい機械なんだね、これは」

「それはちゃうわ、省吾はん。この機械、普通にお店で売っていて、誰でも気楽に買えるらしいわ。びっくりやろ」

「なんだって！」

　鷹岳の目が真ん丸になるのは何度目だろう。彼は唸りながら訊いた。

「いったい、どれほどかけ離れた未来からこれは送られてきたんだ」

「そうね、ざっと八〇年ちょっとかしら。送ってきたのは、うちのひ孫言うてたわ」

「ひ孫？　雪乃さんの？」

「そう、向こうの世界で大学院生をやってると言っていたわ」

　そこで鷹岳は気づいた。

「言っていた、雪乃さんはそう言ったね。それはつまり物理的に、その……」

　雪乃は頷いた。

「ええ、声で話したわ。機械を通じてやけどね。それに顔も拝んでるの、テレビジョンを使ってね」

このときようやく鷹岳は、雪乃がどうやって未来とコンタクトしたのかに気づいた。

「あの通話機を通じて未来と話せたというのかい」

鷹岳が言ったのは、雪乃がずっと研究していた超電磁式空間通話機の事だ。

通常の長距離通信は、反射する特定の周波数電波を地球を覆う電磁帯や、この時代まだ実用化されていない人工衛星で反射させて通話を行なうものだが、条件次第では月を反射板に使う事もある。

しかし、電磁波そのものを通信の手段とすれば電離層が離れる夜を待たなくても無条件で反射が可能だし、昼間であっても、地球の裏側に即時通話が可能となる。テスラの理論を応用すれば、実証可能な技術と目されていた。

まあ実際に実験実証しようにも、予算だけでなく機器の建設など各種の困難があり、どこの国でもせいぜい数百キロの隔たりでしか通信実験は行なえていなかったが……。

例外は、ニコラ・テスラ本人が行なった実験だけである。

雪乃は密かに、それを凌ぐ、会話だけでなく映像も相互に送れる装置を開発した。

ここにきてようやく、かつて彼女に聞いていた理論の正解を、鷹岳は思い描くことができたわけである。

しかしさすがに、その通信機がなぜ未来と繋がったのか、窺い知れない話ではあった。

「ええ、繋がったんよ、未来と。すべては偶然の産物やったわ。せやけど、間違いなく通信は出来てたんよ。そんでね、その未来からの指示であれこれ機械をこさえる事になったわけ。これからその機械を省吾さんに見せるよって、着いてきて」

雪乃は立ち上がり、鷹岳に着いてくるよう促した。

二人が向かったのは、屋敷の裏にある大きな離れであった。いや、それは離れと言うより、立派な研究所とでも言うべき堅牢な造りの洋館であったが、彼女はもっていた鍵で、その大きな鉄扉に掛かった錠前を開いた。

「入って」

離れの扉を開き中に入ると、雪乃はバチンと大きな電気のスイッチを入れた。

幽かに機械の唸る音が響き、同時に幾つかの電球が煌めいた。

最初に目についたのは、土間に置かれた大きなテスラコイルであったが、これには今は電気は流れていないようだ。

「あれが通信機よ。せやけど見せたいのは、それではあらへんで……」

雪乃は鷹岳を蔵の奥へと導いた。

「これなんよ」

雪乃が示したのは、電磁発生器に繋がった何らかのフィールド、ラーメン構造のフレームを持つ機械だった。

「力場発生器みたいだけど、どうなってるんだろう」

鷹岳が興味深そうに機械を見た。

「これは一方通行のタイムマシン、その出口よ」

「タイムマシン！　時間遡行機か！」

「そう、でもここにはその受け取り機能しかあらへん。ここからは何も送り出せへんわ。うちは未来からの指示でこれを組み立てて、さっき見てもろたタブレットを含んだぎょうさんの資料を手に入れたんよ。つまり、未来からそれらを送ってもろたわけや」

鷹岳が唸りながら機械を撫でた。

「信じられない、さっき証拠を見せられてなかったら笑ってしまうところだよ」

「わかるわ、うちかて自分の身に起きた話やなかったら、頭おかしゅうなったんちゃうかって疑うわ。あ、そうそう、そんでね……」

雪乃は鷹岳の袖を引いて、さらに研究室の奥へと進んだ。

そこには一個の机があり、その上に多くの書類や図面が積まれていた。

「省吾はん、海軍に行って、そこでこの機械を組み立ててほしいんよ。戦争に勝つために不可欠な道具やから、これ」

雪乃が書類の山の天辺を、ぽんぽんと叩きながら言った。

「えらく簡単に言うじゃないか、雪乃さん。それがどれだけ大変な話だか判ってるのかい」

だが雪乃は不敵に笑った。

「それも含めて指示は来てるんよ。まあ、うちに半分任せなさい……」


その半月後、鷹岳省吾は大学院進学をやめ、大学卒業と同時に海軍の幹部候補生に志願した。

だが、そこから彼が現在の場所にたどり着くのは、それはもう並大抵の苦労ではなかった。

海軍に入り、伝手という伝手をたどって、海軍大臣と連合艦隊司令長官と知己となった鷹岳は、タブレットという未来テクノロジーを切り札に説得と懐柔を繰り返し、ついに、機械の作製に着手できた。

これが稼働できるまでに一三か月を要したが、もし未来からの手助けが無ければ、この機械の持つパフォーマンスを日本が得るには、優に五〇年以上の時間が必要になっただろう。

実は、この機械は組み立てただけでは、完成に至っていない。田伏家で見せられた膨大な資料。これをもとに作り上げられた機械は、一種の計算機なのだが、単純な電算機などではなかった。

蓄積されたデータを独自判断で振り分け、未来予測をするという代物だった。

そうなのだ、未来世界の田伏由佳が雪乃に託したのは、初歩の機械知能を有する電子計算機の図面だったのである。

由佳は同一時間線を外れ、予測不能の時間を旅することになる雪乃たちに、ＡＩを授ける決意をしたのだ。

ゼロから人工知能を作るのは、途方もない作業になる。その溝を埋めるために田伏由佳は、昭和一五年の日本の技術水準で製作可能な、あらゆる最新技術を探り、その設計と組み立てを図面化して田伏雪乃のもとに送りつけていたのだった。

膨大な計算を並行して行ない、人間の判断する曖昧さをも考慮した演算を可能にするのには、相応に大きな演算用基板が必要だった。

しかし、この時代にはＩＣチップなど存在しない。そして、これを一足飛びに開発させることも不可能だと、田伏由佳は見抜いていた。

高速演算素子なしに、ＡＩは成立しない。

この問題を唯一クリアできる鍵こそ、タブレットだったのだ。

補助演算を行なう電算機自体は、巨大な筐体を作ることで磁気記録媒体だけでも稼働を賄《まかな》える。

その演算機能の中枢は、トランジスタを使用しない磁器増幅器に依存するものとした。これはこの時代のテクノロジーを調べ尽くした田伏達R大学の研究所が作ったシステムだった。

　そしてその最終的な判断を計算させる部分に、送り込んだタブレットの基盤をそっくり利用させることにしたのだ。

　これは咄嗟の思いつきに似た判断だったので、この部分の覚書と指示所はすべて由佳の手書きの物で出来ていた。

　出力すべき答えを得るのは小さな端末だが、この機械全体で見ると、それはとにかく巨大な代物だった。

　それは優に三階建ての建物に匹敵するほどの物だったのだ。つまり、それだけの数の副演算装置を並列でつなげなければならないという事だ。

　当初この機械は、海軍兵学校のある江田島の山間にひっそりと据え付けられたが、その後、戦艦大和の建造にあわせ移設が始まり、その竣工と同時にすべてのシステムが戦艦内部に移設された。

　この電算機は膨大な熱を発するため、戦艦大和には冷却システムが設置され、乗員たちもそのおこぼれ的に冷房の恩恵を受ける事となった……。

　鷹岳が海軍に入り、戦艦大和の甲板に立つまでの簡単なストーリーを述べると、以上のようなことになる。

　海軍に入ってから上層部にたどり着くまでの苦労はまったく本筋に関係ないので、今は語らなくてもいいだろう。

　時間を、昭和一六年一二月一四日に戻す。

　鷹岳は艦長と別れた後、ある特別なパスを持たないと入ることの出来ない艦内エリアへ踏み込んだ。

それは、大和の広大な機関部の前方に作られた空間で、そこいっぱいいっぱいに、YT計算機が据え付けられていた。

「おう、班長さん、海風にあたって来たのかい」

そう声をかけてきたのは、YT研究班のメンバーである細野《ほその》特務曹長だった。

「気分転換出来ましたよ。さあ、機動部隊から届いた資料の入力を始めましょう」

「ほいな、他の連中にも声かけますわ」

まもなく室内に七人の班員が揃い、作業を開始した。

彼らがやっている作業は、ざっとこんな感じになる。

まず南雲機動部隊から届いたフィルムを解析し、敵の動きをグラフ化、同時に攻撃のパターンや回避のパターンなどを数値化するという高度の技能を有する作業であった。

「いずれ、この入力が役に立つ。徹夜してでも早急に上げるぞ」

ひょろっとした見た目に似合わぬ強い声で、鷹岳が発破をかけて回った。

「まず英国の出方に対し、YTの導いた欧米的思考展開が応用可能か、実戦で確認しなくちゃならないんだ。それには、この入力作業で出来るだけ緻密に、戦闘において白人特有の動きがないかを探り出す」

「たぶん人種的なそれと言うより、生活様式や文化に根差した思考の偏りは必ずありますね。きちんと数値化して見せましょう」

そう言って不敵に笑うのは、階級こそ鷹岳と同じ特務少尉だが、一期後輩にあたる小池《こいけ》特務少尉であった。彼は若さに似合わぬ髭面で、普通なら少尉ごときがと上官に怒鳴られそうだが、ＹＴ研究班員だけは『お客様』として特別に扱えと言うお達しが艦長から出されていて、誰もいちゃもんがつけられないのであった。

他の班員たちはと見れば、どれも軍人とは思えぬ風貌の連中ばかり。それも当然で、全員が各地の大学のエリート研究者や最先端科学の研究所員の出身なのだった。

科学者である以上、軍人らしさなど微塵も纏ってはいない。つまりは、いわゆるうらなり瓢簞《ひょうたん》といった感じだ。

「対英決戦はいつになりますかね」

吉岡《よしおか》と言う一等海曹が誰にともなく聞いた。

「思っているより早まりそうだよ。この大和も明日出航するが、作戦に参加するためだろう」

鷹岳はそう言うと壁に貼られたカレンダーを見た。

「遅くとも年明け早々には激突するんじゃないかな。向こうの出方次第では、もっと早まるかも」

これはＹＴではなく彼の予測であったが、概ねこれが正しかった。

日本海軍は陸軍と共同でマレー侵攻を開始すべく、一二月中旬までに全部隊の準備を整えた。

この作戦に投入される海軍艦艇は、ハワイ攻撃に次ぐ規模になり、上陸予定の陸軍の総数は四個師団にも達する巨大な船団になっていた。

この作戦は間違いなく、日本の戦争の今後を占うものになる。大本営ではそう目していた。

柱島にあった新造戦艦大和も、各種試験を兼ねての出撃となった。

戦力としてというより、搭載している電子頭脳ＹＴへの期待からの出撃であろう。

時間を惜しんでYT研究班が入力作業をする中、戦艦大和を中心とする連合艦隊主力部隊は、出航に向けて最後の支度に取り掛かった。

既にすべての乗員が原隊に戻り、どの戦艦も満定員である。

機関には火が入り、蒸気圧は高まり、順調に出航に必要な出力を叩き出せる状況にある。

あとは号令を待つばかり。

そしてその出撃の合図は、明けて昭和一六年一二月一五日に出された。

連合艦隊の主力は、かなりの速度で外洋を目指し、この日の午後には佐世保と横須賀からの艦も含め艦隊を組み終わり、異例の二〇ノット超の速度で南下を開始した。

決戦の場となるであろう南シナ海へ向け、艦隊は進む。

この時、その動きを見張るべき敵潜水艦の姿は、どこにも無かった。

2

真珠湾攻撃後、一度トラック環礁に引き上げていた機動部隊は、再編成をされ二手に分かれた。

空母赤城、加賀、翔鶴《しょうかく》、瑞鶴の四隻を中心とする部隊は、戦艦金剛《こんごう》と榛名《はるな》を伴い、南太平洋方面の米豪軍への空襲攻撃に向かった。

空母飛龍と蒼龍《そうりゅう》を基幹とした部隊は、戦艦比叡《ひえい》と霧島《きりしま》を伴い、ウェーキ島攻略部隊の護衛に出撃した。

その一方、日本国内にあった戦艦部隊主力は、連合艦隊新旗艦である大和を筆頭に、第一艦隊を構成する長門、陸奥、伊勢《いせ》、日向《ひゅうが》、扶桑《ふそう》、山城《やましろ》の合計七隻の戦艦が、巡洋艦で構成された第二艦隊と共に日本各地から出航し合流、高速で南下を開始していた。

彼らの出撃目的は、マレー半島とシンガポールの攻略戦だ。

艦隊に先立つこと十日前に、攻略部隊主力を乗せた輸送船団が日本と上海から出撃していた。

当初開戦と同時に行なうはずだったマレー攻略であったが、諸事情により延期となっていた。

その諸事情を改めて話すとこうなる。

まず陸軍は、攻略部隊の大半を陸路によってマレーに進めようと画策した、つまり、既に進駐している仏領インドシナから、タイを経由するルートだ。

ところが、友好国であるタイがこの通行に難色を示した。開戦する前に日本の大部隊がタイ国内に入ることに、国王が懸念を示し、政府もこれに倣ったわけである。

これは日本政府には、予想外の出来事であった。これまでの良好な両国関係から、通過には何の支障もないと思い込んでいたのだ。

この先の戦争の展開を睨むと、タイとの国交に影がさしてはならない。

大本営はタイを経由しないで、仏領インドシナからの海路と日本から直接マレー半島へ向かう二つの上陸部隊で攻略を行なう検討に入ったが、そうなると、シンガポールに居座る戦艦プリンスオブウェールズ以下の英東洋艦隊主力が邪魔だった。

海軍の主力が真珠湾に向かい、戦艦部隊はその間の万一に備え、国内を動けない状況にあり、唯一の頼みの南遣艦隊はあまりに非力だった。

何しろ南遣艦隊には、満足な戦力が重巡一隻と小型空母一隻しかいない。

もし陸路で半分の戦力が移動出来ていたら、敵に対し仏印からの航空攻撃で対応することも考えられたのだが、全部隊を海上輸送するという事で、これも厳しいのではないかと指摘が相次いだ。

万一にも航空攻撃が失敗し、輸送船が攻撃され大損害が出たら、攻略作戦は開始早々に頓挫と言う事態になりかねない。

航空攻撃はあくまで一つのオプションとして担保され、決戦の一部としては選択されなかった。となると、輸送船団の安全は、万全の艦隊による援護なくして保障されない。だが海軍は、開戦劈頭にその艦隊をマレーまで送り込めない。

かくして、開戦劈頭のマレー攻略は中止となった次第である。

真珠湾攻撃の一か月前にこの報せを聞いた鷹岳は、眉間に皺を寄せこう呟いていた。

「現時点で、これだけ歴史に差異が生じた。やはり未来からの干渉は、急速に歴史を変革させるという事なんだな」

田伏由佳から送られた資料で、彼女の居た世界の歴史線では、開戦と同時にマレー攻略戦が始まっていたことを鷹岳は知っている。

それが、いくつか兵器を改良させた程度の歴史改編で、ここまでの違いが生まれたのだ。

この先、積極的に戦争を勝たせるためにテクノロジーを投入し続けたら、その行き着く先は当初の歴史では予想も出来なかったような地点かもしれない。

いや、その着地点こそ、しっかり予想し導かねばならない。

それが、ＹＴ研究班の役目なのだった。

「人工知能による戦況予測は、今はまだ正味で五割の精度でしかない。もっと多くの情報をこいつに食わせなくちゃならんな」

真珠湾勝利の報に接した時、山本長官の部屋を辞した鷹岳は、江田島に戻るや、YT電子計算機のフレームを叩きながら呟いた。

その日以降、彼はより多くの情報をと、連合艦隊だけでなく、未来からの指示で作った知己のネットワークを使い政府中枢や陸軍の上層部にまで働きかけ、戦場の情報を出来るだけ詳細に手に入れる努力を続けた。

大陸に展開していた蝙蝠部隊陸上基地隊は、仏領インドシナに転進し、英軍とフィリピンの米軍の状況を偵察し始めた。

同時に内地にあった蝙蝠部隊の第二中隊から一個小隊がトラック島まで前進し、ウェーキに向かった第二航空戦隊と合流した。

機動部隊がばらけた時のために、艦載の一式艦偵を装備した蝙蝠部隊は三編成、三個中隊が用意されていたが、現在機動部隊に搭載されているのは第一中隊の二個小隊六機と、新たに飛龍に乗り込んだ三機の、合計九機のみであった。

この艦上偵察機の他に、現在シンガポール及びフィリピン方面には、蝙蝠部隊所属の陸上偵察機が一八機展開し、YT研究班のために情報収集を行なっている。

この陸上からの偵察に使用されている機体は、そもそも陸軍によって開発された百式司令部偵察機を海軍で買い上げ、徹底改造した一式陸上偵察機であった。

元々快速が売りの機体に、最新鋭の撮影機材を載せ、一式陸偵は西太平洋からマレー半島を縦横に駆けた。

　彼等が収集する情報は多岐にわたり、文字通り不眠不休での偵察が続けられているのが現状だった。

　そんな蝙蝠部隊の動きに関係なく、軍は作戦を進めているようにも見えた。

　早い話が、カバーしきれない範囲で作戦が動いているのだ。

　マレーの攻略部隊より一足早く、台湾からはフィリピン攻略部隊が出発していたが、これをマークしている蝙蝠部隊は居ない。

　しかし、それで間違ってはいないのである。

　蝙蝠部隊が優先して調べるべきは、敵の戦場の動きであり、未会敵の味方部隊をカバーしても何も得るべきものはないのだ。

　つまり、この部隊が上陸作戦を開始した段階で、蝙蝠部隊は上空に姿を現すという算段である。


　日本陸軍はフィリピン攻略に、絶大の自信を持って臨んでいた。

　それは、その大規模な兵力に裏付けられたものだった。

　フィリピンのルソン島攻略部隊の兵力は、在比米軍のほぼ二倍に迫る大兵力で、上陸作戦は三日にかけて行なわれる予定だ。

　この上陸作戦に先立ち、開戦初日に海軍による台湾からの渡洋爆撃で、米軍の航空兵力はほぼ壊滅状態になっている。

　空襲の危険がほぼないという判断で、ルソン島上陸作戦に、海軍は船団護衛として駆逐隊二個、合計七隻の駆逐艦を派遣しただけで、万一の上空援護は海軍の台南航空隊が一手に引き受ける手筈となっていた。

　台湾からの距離を考えると、実際には護衛の役はなさないと思われたが、ひっくり返せば米軍にはもう満足な航空戦力は無いという事前偵察による英断でもあった。

もし敵に航空戦力が残っていた場合は、小《お》沢《ざわ》治《じ》三郎《さぶろう》率いる南遣艦隊の小型空母龍驤《りゅうじょう》を分派して護衛にあたらせるという予定だったが、これは取りやめとなり、龍驤は現在他の南遣艦隊の艦艇と共にマレー攻略船団の直接護衛にあたっていた。

ルソン島攻略部隊は、一二月一七日に上陸を開始する手筈となっていた。

上陸地点は、ルソン島の西部ダクパン及びサンアントニオ付近。前者はそのまま内陸を目指し、スービックの海軍基地を封殺する目的の後者によって後退する敵を挟撃する構えである。

この上陸作戦によって完全な橋頭保が出来たら、およそ二週間をめどにマニラ湾への進行を開始し、首都マニラを攻略する作戦である。

マニラが後回しになるのは、マニラ湾の喉元にあるコレヒドール要塞を警戒しての事だ。事前にマニラの退路を断った上で、再上陸を行なうという慎重な作戦である。

このコレヒドール攻略作戦の開始は、一二月二三日が予定されていた。

そして、連合艦隊主力が日本を発った翌日、予定通りルソン島攻略戦の幕は落とされた。

ダクパンへの上陸は無血上陸となった。沿岸部にそもそも陣地は無く、付近にいた米軍部隊はいち早く撤退し決戦を回避した。

上陸成功の報は、台湾東部沖付近まで進出した連合艦隊にも届いた。

このタイミングで、戦艦大和のＹＴ研究班の居る電算機室には客人が来ていた。

藤代大吾《ふじしろだいご》中佐。八月に新設された海軍戦時情報局の局長である。形式的にYT研究班は、この戦時情報局の指揮下に入っているのだが、実質的には連合艦隊の直轄であると同時に、大本営への直接進言も可能な、特殊な立場であった。

戦時情報局は、言ってみれば対外的にはYT研究班の隠れ蓑であり、内部的には責任の所在を曖昧にするためのクッションとも言えた。

というのは、海軍においてはYT研究班は絶対に潰してはならない部署と認識されているのだが、まだ陸軍内部には、機械による予測に従う事を良しとしない指揮官も多く、万一予測の失敗があった場合の首切り要員として、藤代が据えられているようなものだった。

とはいえ、彼も飾り物ではない。この日、大和の研究班を訪ねたのは、東京で収集した海外の情報を持ち寄るためであった。

彼は横須賀から出航した駆逐艦に座乗し、この日連絡索を使って大和に移動してきたのだった。

「アメリカの反応がだいたい摑めたのは、良い報せです。これは予測の方向性を導くのに、おおいに役立つ情報ですから」

藤代が持ってきた大量の新聞や各国大使館経由での米国内情報を前に、鷹岳が満足そうに言った。

「これを今度は、計算ができるように数値化して分類するのか。大変な作業だな」

藤代が持ってきたデータだけで大きなトランク一杯分はあった。その書類を見て藤代は言ったわけだが、鷹岳は肩を竦めながら答えた。

「こいつはまだ楽な作業ですよ。分類すべき指標が完成してます。映像を数値化するのが難作業なんです。うちの班員のうち四人が、その専従になってるくらいです」

「なるほどね、手が足りてないという事があれば、この艦に乗っている間は私も手伝うが、何かあるかね」

「ああ、おおいに助かります。では持参していただいた資料の大まかな分類を手伝ってください」

鷹岳に言われ、藤代は頷いた。

「やり方を教えてくれ」

鷹岳は持参された資料を前に説明を始めた。

「まずこれらの情報を一次二次に分けます。ええと、アメリカ政府の公的報道や、目撃者の直接証言などの場合が一次です。それらを伝聞したものやいずれかの通信社を経由したものは二次になるわけです。それぞれの資料の出所は記入されていますから、それで判断して分類してください。判断に困ったら、自分か吉岡に聞いてください」

「判った、やってみよう」

藤代が作業に取り掛かった資料は、在外の日本大使館などが収集した情報が主体になっていた。

その主な内容は、開戦に混乱するアメリカの現状を報せるものであった。

真珠湾に対する攻撃……アメリカは一方的に敗れたに等しい出来事であったが、アメリカ政府は素直にこの敗戦を報じていた。

日本の強さを報せることで、戦争への国民意識を高めたいという意識があったのだろう。

ところが、時間の経過とともにアメリカ国民の戦意はどんどん冷え込むことになった。理由は、アメリカ政府が馬鹿正直に戦闘の経緯を公表したせいであった。

日本が空襲を事前予告したという事を知った国民は、なぜ敵が来ることを知りながら壊滅的とも言える被害を被ったのか、憤りに近い感情がアメリカ陸海軍に寄せられ、それがそのまま厭戦感情と直結したのだ。

アメリカ陸海軍は、わずか三〇分前の予告では対応には限界があり、大戦力で押し寄せてきた日本軍に善戦したからこそ、四〇機以上の敵機を撃墜できたのだ。日本軍は隙のない体制で戦争を始めた狡猾なる相手で、卑怯すれすれの戦術で勝利をかすめ取った、と演説してまわった。

しかしそれでも国民の戦意は奮わず、一二月一〇日、日独伊三国同盟に基《もと》づきドイツがアメリカに宣戦布告するに至り、ワシントンでは戦争反対をあからさまに叫ぶ集会まで行なわれる事態となっていた。

アメリカ政府は、当面は太平洋線域での兵力立て直しに全精力を傾ける方向にまとまったが、その一方で早くもアメリカ領海近くまでドイツのUボートが侵入し、商船が犠牲になった。

この事から海軍は、大西洋の本国艦隊を取り崩して、壊滅した太平洋艦隊の戦力回復をするという考えをすんなり通せなくなった。

しかし、日本海軍が無傷である以上、太平洋艦隊の立て直しは急務であるし、艦隊の主力が消えたことでフィリピンの運命も風前の灯火になっている。

今アメリカは、戦力の増強のため、なりふり構わぬキャンペーンを開始し、徴兵だけでなく志願兵の獲得と兵器の増産に向けて産業界の取り込みに躍起になっていた。

混乱によって政治が空回りしているのが、集められた資料の端々から窺えるが、その一方でアメリカ各地で志願兵の数が徐々に増えている事実も資料が物語っていた。

「アメリカの人口は日本の二倍以上か。陸戦での決戦になるとアメリカに分があるかもしれんな」

資料を区分けしながら藤代が呟く。すると、近くで作業をしていた鷹岳が言った。

「無論、藤代さんは特免資格持ってますよね」

「ああ、君たちの指揮を任されているくらいだからな」

特免というのは、YT研究が未来テクノロジーに基いている事を知っているひと握りの人間にだけ与えられた、情報接触資格の名前だ。

「別の時間線未来での戦闘では、米軍は島嶼部戦闘に、我が方の守備陣の三倍以上の兵力を送り込み、多くの島で我が軍は玉砕をすることになったようです」

「赤軍のトゥハチェフスキーが三対一の理論として発表していたあれが正しかったということか」

海軍兵学校でも陸戦の授業は行なわれる。藤代は、そこでこの理論を知ったようだ。

「ええ、そうなんですが、未来ではこの理論は必ずしも正しいとは言えないと結論付けられている様です。残念ながら、与えられた資料では検証できなかったのですが、初期のYT計算機で試してみると、五対一の戦力差でも玉砕を免れる戦術選択が可能と出ました」

「本当かね?」

藤代はかなり懐疑的だった。しかし鷹岳は続けた。

「勝利の条件は、必ずしも優勢なる戦力にとらわれない。それが私が計算を続けるうちに得た感触です。おそらく、これから先の戦いでそれは証明されるはずです」

「YT予測によって、勝利を引き寄せるという事かね」

「一義的にはそうと言えます。でも、より複雑な話をするなら、未来からの干渉によるひずみの一番大きな矛先は、我が国の上にあり、それは扱い方さえ間違えなければ恩恵と言う形で身に降りかかるはずなのです」

「科学的な話は苦手だ。そのうち、酒が入った時でも判りやすく解説してくれ。今はこの資料と格闘するだけで頭がいっぱいいっぱいだ」

藤代が両手を開いて降参の意を示した。

「ああ、すいません、つい夢中になりました。出来ている分だけでも受け取っていきます」

鷹岳が立ち上がり、藤代の前に分類された資料の山に手を伸ばした。

「ああ、ちょうどいい。これの判断に困っていた。どっちに分類したらいいかね？」

藤代がそう言って一枚の書類を示した。

「あ、はい、ちょっと待ってください……」

鷹岳が書類に手を伸ばし、その内容に目を通し始めた。すると……

「これは！　こんなニュースが混じっていたというのか」

それは、米海軍が早期に日本に対し反撃を行なうという類のプロパガンダじみた報道だったが、その具体的な内容を見て鷹岳は困惑したのだ。

その記事の中で、具体的な方法として、日本本土への直接攻撃が示唆されていたのだ。

鷹岳は、田伏由佳の居る時間線では、東京が昭和一七年四月に空襲されることを知っていた。それだけに、これほど具体的に一般の新聞に反撃方法が記されている事に驚いたのだ。

「これは、一次に分類します」

記事を摑んだ鷹岳が言うと、藤代が小首を傾げた。

「あくまで社説による推論だろ、二次じゃないのか」

「藤代さんは、なぜ、これの分類に悩んだのですか?」

鷹岳が聞くと、人差し指でこめかみを掻きながら藤代が答えた。

「そりゃ、特免案件に引っ掛かったから……」

そこで藤代もようやく気がついた。

「具体的すぎるのか、この記事が!」

「その通りです。これは米当局が意図的に情報を漏洩した可能性もあると考えました」

「当局でないにしても、作戦立案に関われる立場の人間の可能性も否定できないな」

「はい、確か別時間線で、この計画を持ち出したのは米陸軍の……」

鷹岳はポケットから分厚い手帳を取り出し、そのページを繰った。

「ドーリットル中佐と言う人物ですね」

「その本人が情報を売ったとも考えられるな」

藤代がそう言って顎を撫でた。

「どうしてそう考えるのですか」

鷹岳が聞くと、藤代はにやりと笑った。

「伊達にお前さんたちの頭に据えられたわけじゃないんだよ。俺は四年間、アメリカで暮らした経験がある。欧米的ってのか、向こうの奴らの考えや行動にある程度通じてる。もし陸軍の上の方に伝手が無い場合、アメリカ人ならこういう手段を使うって考えたんだよ。新聞でも取り上げるほどの作戦だと言って、上に売り込むってね」

「なるほど、でもおそらく、これは逆効果になってそうだ」

鷹岳が記事を睨みながら言った。

「今度は俺が聞こう。なぜそう思う」

藤代の質問に、鷹岳は少し思案してから答えた。

「現にこうしてうちらの手元に記事が届いている。アメリカは防諜に気を使い始めているでしょうから、この記事が海外に漏れたことも突き止めるでしょう。だったら素直に、この額面通りに作戦を行なうなんていうことは……」

そこまで自分で言って鷹岳は気づいた。

「これは、優先してYT予測にかける必要がありそうです。もしアメリカの日本空襲が無くなるとしたら、代わりに選ぶだろう報復手段が何になるのか、予測しなくちゃいけません」

「なるほど、確かにそうだな。それに、もうまもなくアメリカ機動部隊との戦闘が生起してもおかしくないはずだな」

「ああ、それは予測に出てましたね。機動部隊には既に報告済みですから、警戒は怠っていないと思います。別時間線では起きていない海戦の予測だけに、YT計算の今後を占うにも重要な予測です」

「その海戦の結果次第で、アメリカの次の出方も変わるだろう。確か別時間線の真珠湾攻撃では、空母は一隻も被害を受けていなかったろう」

「そうですね、とにかく既に計算機の叩きだした未来予測は、別時間線の令和世界から送られた資料からかなり逸脱しています。この先の予測精度を上げていくためにも、入力するデータは少しでも多いほうが良い。蝙蝠部隊だけでなく、現場の陸軍海軍各部隊からの報告書というのも、この先、重要な要素になっていきますよ」

「もっと忙しくなるわけか。計算機を増設したりして、負担軽減は出来んのか」

藤代の言葉に、鷹岳が残念そうに首を振った。

「最終的にはそこを目指していますが、増設にはたぶん早くても数年の時間は必要でしょうね。第四研究所も頑張ってくれてはいますが、どこまで今のＹＴに迫れるのかな」

これは計算器の最終演算を行なっている部分に、タブレットの演算装置を流用したために起きている問題だ。もしすべての計算を非トランジスタ型計算機で行なえているなら、苦労なく増設に着手できるのだが。おそらくそれだけの施設を作れば戦艦一隻分の費用と、大きさそのものも必要になるだろう。

そこで、ＩＣチップの拡大版とも言えるトランジスタ基盤の開発を急がせている。この実用化に数年はかかりそうというのが、現時点の話なのだ。


ちなみにドイツでは既に、電磁増幅器を使った計算機を実用化しており、別時間線においては大陸間弾道ミサイルの弾道計算などに用いる事になった。おそらくこの世界でも、同様の進化を彼の地で遂げると思われた。

「とにかくこれ、最優先で予測させてみます」

鷹岳がそう言って、記事を入力デバイスのある部署に持っていった。

この計算機、知りたい事がすぐに答えとして出るのではない。幾つかの可能性を並行して演算出力してくる。

しかもその出力までに、早くても数時間を要する。

現在、ＹＴ研究班の技術部門が演算速度の改善のために努力を続けているが、計算に必要な子計算機の数を増やすのにも限界があり、結局は基盤の見直しから始めなければならないという結論が現時点では出ている。

　鷹岳が入力させたデータが具体的な結果として出力されたのは、その日の夕方であった。その間に艦隊は、台湾東岸にかなり接近していた。進路を西に寄せたのだ。

　予定では艦隊はそのまま南西に抜け、ルソン海峡からルソン島の西沖を南下することになっており、必要に応じ戦艦部隊の一部は陸軍のフィリピン攻略を援護する手筈になっていた。

「敵空母の今後の動きに関して、YT研究班から報告が来た」

　夕食後、山本長官は緊急の連合艦隊幹部会議を招集。司令部要員は会議室に集まっていた。

　司会を進行するのは宇垣参謀長であった。

「特免要員だけの招集なので、隠し事なしに話を進める」

　そう言うと宇垣は黒板に向かい、チョークを動かし始めた。

　まず宇垣が書いたのは『今後の米空母の挙動予測』という項目であった。

　そこに、夕刻に出力されたばかりの行動予測が列挙され、その下にアクションが起きる可能性が数値で書かれていた。

「さらに、今後二か月以内に敵との遭遇戦が発生した場合、敵の損害が空母に及んだ場合は、さらにこれらの可能性はこう変わる。可能性の修正値はこうだ」

　宇垣がチョークを動かし終えると、座にちょっとしたざわめきが起きた。

「可能性ゼロ……」

　腕組みして黒板の隅を見て呟いたのは、黒島作戦参謀だった。

彼の視線の先、黒板の端に書かれていたのは『敵空母による日本空襲の可能性』だった。

「この計算結果が示す指針は理解できているな」

山本長官が低い声で言った。一同は深く頷いた。

「現在、もっとも敵と遭遇の可能性が高いのは山口が率いる第二航空戦隊だ」

山本が言うと宇垣が黒板にでかでかと書いた。

「敵空母撃滅。これを目標に早期に動く。敵の位置に関しては、YT予測を中心に索敵圏を設ける」

こうして、マレー攻略戦と並行での米空母索敵戦が開始されたのであった。

3

一二月二一日未明、山口多聞司令に率いられた二航戦の空母飛龍と蒼龍を基幹とするウェーキ島攻略部隊は、連合艦隊戦艦部隊が台湾とフィリピンを挟むルソン海峡の端に差し掛かるころ、第一撃となる空襲の準備の最中にあった。

「夜明けと同時に、飛行場を叩く。小さい島だからな、航法しっかりせんとたどり着けんぞ」

空母飛龍の艦爆隊長黒田《くろだ》が、搭乗員を前に発破をかけていた。

「上陸開始は現地時間八時きっかり。すでに輸送船部隊は準備を終えて待機中だ。目標の第一は敵の砲座殲滅、そして飛行場機能破壊の順となる」

続けて、飛行隊長の岡本《おかもと》少佐が口を開いた。

「敵の偵察機は、まだこちらを捉えていない。輸送船団も無傷のまま接近を続けている。攻略に支障は出ないだろう。まあ敵の空母が出てきた場合、状況は一変するのだがな」

その可能性がある事を、艦隊の上層部は把握していた。むろんYT予測によって。

「水雷戦隊から偵察機が上がる。こちらからも四機出す。飛竜蒼龍、それぞれ二機ずつだ」

飛龍艦長の賀来《かく》大佐が、二航戦航空参謀の久馬《きゅうま》少佐に言った。

「本当に全方位じゃなくて大丈夫ですね」

久馬が確認すると、賀来の隣に立った山口司令が強く頷いた。

「背後を取られる心配はない。万一そこに敵が居れば、とっくに潜水艦隊が血祭りにあげとる」

「では予定通りに偵察は一段、二七〇度の範囲で行わせます。もっとも確率の高い地域に向け、母艦からの艦攻を向けます」

久馬の確認に山口は大きく頷き答えた。

「連合艦隊の期待が掛かっておる。なんとしても敵空母を炙り出すぞ」


この時、YT予測では米軍は少なくとも空母の一隻を、ウェーキとミッドウェーの近海に派遣していると出ていた。

真珠湾攻撃に続いて両島が攻撃されるのは時間の問題として、航空戦力の増強を急いでいる。そう予測されていた。

これはズバリ的中していた。

アメリカはウェーキとミッドウェーに向け、それぞれホーネットとヨークタウンが、戦闘機の輸送を行なっている最中だった。

ウェーキに向かうホーネットは、島までほぼ一日の距離にあり、おそらく上陸作戦が始まった時点で、日本の哨戒圏にぎりぎり引っ掛かる見込みであった。護衛には、駆逐艦二隻のみが同道している。

ヨークタウンは既にミッドウェーへの輸送を終

えており、まだ復興に着手しきれてない真珠湾へ向け帰投中だった。

真珠湾攻撃で被害を受けたエンタープライズは、この二日前にサンディエゴに無事到着し、修理のための入渠を果たしていた。

エンタープライズの修理には最低でも三か月かかると見込まれており、米海軍は急ぎ大西洋から中型空母ワスプを太平洋に派遣することを決定、派遣の準備に入っていた。こちらは一月一日にパナマ通過を果たす予定となっていた。

また大型空母レキシントンとサラトガの太平洋投入も、議会決議によって決定しようとしていた。

ドイツには空母が居ない。大西洋では対潜水艦戦闘に向いた駆逐艦を中心とする艦隊が必要であり、戦艦と空母は優先して太平洋へ送られるべきだと、多くの者が考えていた。

しかしアメリカはその戦力移動を一気に行なえなかった。軍が一枚岩に程遠い状態で、簡単に命令を出せないのであった。

大規模な戦力の移動には逐一議会承認が必要で、これを撤廃するためにルーズベルト大統領は戦時特別法を制定しようとしていたが、この細部に対する注文が多すぎ、この日本時間の二一日の段階でも公布に至っていないという現状だった。

開戦からこっち、アメリカ政府は何かにつけ後手に回っている印象だ。

それがそのまま、戦場への投入兵力の分散にもつながっている。

この戦力の逐次投入に似た状況が、アメリカの反撃のための準備を遅らせているのは間違いなかった。

また、真珠湾の被害の深刻さが、事態を複雑化させていた。

真珠湾は空襲から五日後まで火災が鎮火せず、一時は母港機能の存続すら危ぶまれたが、幸いにも水路が無事だったのと、ドック機能が無傷であったために、軍港として生き残れた。

さらに被害調査が進むと、一部の戦艦は引き揚げによる戦線復帰の見込みがあると判断された。戦艦の新造には、多大な時間と労力が必要であるから、これは間違いのない朗報だった。

真珠湾での引き揚げ作業と軍港としての機能回復のため、本土から多くの作業船が苦労してハワイへと向かう事になった。

ただし、その作業船の多くが足の遅い旧式で、日本がウェーキ攻略とマレー攻略に動き出した時点では、まだ一隻も真珠湾に到達してなかった。

つまりこのウェーキ攻略戦開始時点で、太平洋艦隊の正規の軍港として機能できているのは、遥かアメリカ西海岸のサンディエゴだけと言ってよかった。

夜明け間際、二隻の空母からまず戦爆連合の五八機がウェーキに向け飛び立つ。

艦爆、艦攻ともに爆装である。護衛の戦闘機は一八機、そして蝙蝠部隊の一式艦偵が付き従った。

ウェーキ島では真珠湾攻撃以降、連日警戒態勢を敷かれていたが、この日は雲量がやや多く、日本機の発見は遅れる事になった。もしここにもレーダーが配置されていたら状況は変わったかもしれないが、アメリカ軍ではまだレーダーは試験運用の段階で数も少なく、ハワイを除く太平洋の拠点には配備がされていなかった。

こうして島から肉眼で確認するまで、守備隊は日本機を発見できなかったのである。

ウェーキ島の航空隊は迎撃機を満足に離陸させる暇もなく、日本軍の空襲に晒される事となった。

発進のために滑走を開始した途端、銃撃で撃破された機体が、交差する滑走路の中央部を塞ぎ、大急ぎで上がった数機を除いて離陸困難となってしまったのだ。

島はサンゴ礁で出来ている。ほとんど凹凸のない島では遮蔽物は皆無と言っていい。爆撃隊は容易に目標を発見し、攻撃を仕掛けられた。

迎撃の戦闘機は結局三機だけしか離陸できていなかった。この三機のワイルドキャット戦闘機は護衛の零戦隊に取り囲まれ、五分足らずで始末された。

戦闘機隊はこれで護衛としての役目が無くなってしまった。すると、全機が滑走路の脇に並んだ敵戦闘機と哨戒機への銃撃を開始した。

存分に活躍できない腹いせとでもいった感じで、戦闘機隊は小隊単位の編隊のまま、銃撃の雨を地上に降らせた。

緊急発進に備え常に燃料を搭載していた米軍機は、二〇ミリ機関砲の射撃で簡単に燃え上がった。

それを横目に、急降下爆撃機が的確に敵の砲座を潰していき、対空砲火はどんどん下火になっていく。

空襲開始から三〇分で飛行場は無力化され、海岸に向けて並んでいた砲台も、半分近くが撃破された。

ここで選手交代、飛龍と蒼龍から発進した第二次攻撃隊に仕上げの爆撃は委ねられた。

第二次攻撃隊は五四機の編成。装備の内容的には第一次攻撃隊と変わらない。

ちなみにこの段階で艦隊に残ったのは、蝙蝠部隊の二機の一式艦偵だけである。艦隊上空の護衛をすっぱり斬り捨てての攻撃は、YT予測によって自分たちが感知されていないという絶対の自信からくる行動であった。

実際、ここまで敵の偵察機は現れなかった。アメリカ側にしたら哨戒機の発進前に叩かれたという図式になるが、日本側はこれを予期したわけではなく偶然そうなった。

だが、結果は同じだ。アメリカは日本艦隊を発見する最初のチャンスを逃していたことになる。

第二次攻撃隊の到着で、ウェーキ島へのさらに徹底した爆撃が続く。地下施設の損害は上空からもはっきりわかるほど顕著で、その状況は文字通り壊滅的であった。実際、都合一時間二〇分の爆撃で、ウェーキ島の沿岸砲台のおよそ八割が使用不能になった。

この段階で既に上陸部隊は島の沖合に到達し、上陸部隊は舟艇への移乗を完了していた。

ウェーキ島では毎朝、哨戒機による偵察飛行を行なっているのだが、先に記した通り、日本の襲撃はその偵察機の離陸前に行なわれた。このため、米軍側は目の前に現れるまで日本の上陸部隊の存在も感知できないでいた。

上陸部隊は海軍の横須賀特別陸戦隊と佐世保特別陸戦隊の連合部隊、合計四個大隊約三五〇〇名。

この規模の島の攻略には、十分すぎる戦力と言えた。航空施設の施設員とパイロットを除いた米側の守備隊が、およそ七〇〇人であることを見れば、敵を圧倒するのは確実に思えた。

大発に移乗した陸戦隊兵士は、現地時間午前八時、予定通り時間きっかりに進撃を始めた。

既に敵の沿岸砲台は、ほぼ沈黙している。爆撃を生き残った二か所だけが反撃をするが、すぐに火点を特定され、護衛のために沖合を遊弋していた軽巡洋艦夕張《ゆうばり》から砲撃を受け沈黙した。

「サンゴ礁の開削箇所を確認しろ」

ウェーキ島は周囲をサンゴ礁に囲まれており、そのままでは上陸用舟艇である浅底の大発は海岸まで到達できない。

そこで、事前爆撃の段階で何カ所かに爆撃を行ない、急ごしらえの水路を作ったのだった。

しかも上陸直前には、二五キロも後方から戦艦二隻が主砲の三六センチ砲弾で、ダメ押しとも言えるサンゴ礁破壊を試みていた。

この他に、補給の輸送船を接岸させるために米軍が開削した水路もある。上陸部隊は、この細い水路を進むときが一番の危機となるが、この段階でまだ上空には第二次攻撃隊の護衛戦闘機のおよそ半数が待機しており、狙撃されているとみるや、すぐにその敵に向けて降下銃撃を加えるという援護体制が出来上がっていた。

米軍は完全に反撃の芽を摘まれているようなもので、満足な対応が出来ぬまま、日本の舟艇隊の海岸到達を許そうとしていた。

海岸に殺到した日本兵に、米側は銃撃戦を挑んだが、ここに今度は沖合の護衛の駆逐艦隊からの砲撃が襲い掛かった。

この駆逐艦隊は、二航戦の護衛とは別の船団直掩部隊として日本から同行した第二二駆逐隊の四隻の駆逐艦であった。この駆逐隊の指揮を執っていたのが、軽巡夕張である。

戦艦が待機する位置からは距離が遠く、精密射撃が不可能だったため、駆逐艦隊からの有視界による射撃を行なったのだ。

　一二七ミリ砲は艦砲としては非力だが、陸上戦では重砲のそれに匹敵する口径になる。米側は日本海軍が豊富に用意した榴弾によって、大きな被害を被った。

　反撃は思ったほどの効果が無く、日本軍の大発は海岸線でその前面扉を開き、兵士を吐き出し始めた。

　かくして、着上陸は成功。

　米側の反撃もむなしく、上陸一時間後には橋頭保からの内陸侵攻を許した。

　一度防衛戦が破綻してしまうと小さな島の事、米軍の守備陣形はガタガタになってしまい、守備部隊は各所に寸断し包囲されることになった。

　この段階で、アメリカ側守備隊は救援を求める信号を発した。

　しかし、これが間違いだった。

　ウェーキ島に接近中だった空母ホーネットは、この救難信号を受信すると、急ぎ島に上陸した日本軍への爆撃を敢行するため、攻撃隊を準備し始めたのだ。

　無論、近海に日本の空母が居るのを承知の上でだった。

　ホーネットの艦長へリング大佐は、自分たちが攻撃を仕掛ければ、日本の空母は近海でこちらへの攻撃をするための準備に入る。その間隙に、こちらから先んじて攻撃を仕掛ければ勝機がある、と考えた。

　これはつまり、自分たちの存在を日本が感知していないという前提での作戦立案だった。

　これにはきちんと理由があった。

　アメリカ側はウェーキ攻撃に差し向けられたの

が、飛龍と蒼龍で構成された第二航空戦隊の二隻の空母だけだという事実を、諜報戦の成果として摑んでいた。

　この二隻からほぼ全力の爆撃がウェーキに差し向けられたことを島からの通信で知ったヘリングは、敵は米空母の存在を無視していると考えたのである。

　空母を警戒するなら、攻撃隊の数は絞り、備えとしての攻撃機を艦に残すはず。そう考えたわけである。

　だが現実は違った。

　日本は米空母の存在をある程度の位置まで含んで予測し、最初から作戦に組み込んでいたのだ。

　つまり、ヘリングの読みは完全に外れたことを意味する。

「そろそろ発見の報があっていい頃だな。攻撃隊の準備は進んでいるか」

　空母飛龍の艦上で山口司令が、参謀長の伊《い》東《とう》大佐に聞いた。

「爆弾魚雷共に搭載順調。第一次攻撃隊未帰還機は蒼龍の二機のみ、ほぼ半数での攻撃に不安なしです」

「よし、準備をさらに急がせろ」

　ＹＴ予測に基づく作戦。それはまだ正直、五里霧中だという感覚を、指揮官たちは持っていた。

　しかし、中国戦線からすでに始まっていたその運用で、予測は着実に成果を上げてきていた。

　現場での信用を得られるだけの実績を、ＹＴ研究班は勝ち取っていたのである。

　その信用は、真珠湾でさらに箔が着いた。

　勝ちすぎと言っていいほどに勝ったことで、海軍のＹＴ予測への信頼は一気に倍増したと言っても過言ではなかった。

今ここで二航戦を指揮する山口少将は、言ってみればYT擁護の急進派であり、この新技術に心酔し始めていると言っても差し支えない。

また山口は、日本海軍さっての航空派である。空母の運用には絶対の自信を持つと同時に、敵空母の危険性を最も強く認識している人物と言えた。

YTの機械予測によって、米空母の出現は約束されている。ならその空母を叩かなければ、この戦闘そのものが勝利したとは言えなくなる。

山口の頭の中の図式ではそうなっている。

だから、まだ偵察機による空母発見の報せが届いていないのに、山口は敵空母撃滅のための攻撃隊発進を着々と進めさせているのだった。

すべての準備が整い、後はエレベーターで攻撃隊を飛行甲板に並べればいいだけという段階で、蒼龍の偵察機が敵空母を発見した。

「敵は空母一、駆逐艦二の小規模艦隊です」

通信士官の報告に、山口は満面の笑みで頷き命じた。

「攻撃隊発進準備かかれ。敵は空母のみ、雑魚は構うな」

二隻の空母の甲板に、大急ぎで攻撃機と戦闘機が準備される。

「飛竜攻撃隊戦闘機六機、艦爆六機、艦攻一二機、偵察機一機、蒼龍攻撃隊戦闘機七機、艦爆九機、艦攻六機の編成になりました。即時発進可能です」

久馬航空参謀が山口司令に報告する。敵発見からまだ二〇分と経っていない。

「旗を上げろ。攻撃隊発進だ」

ウェーキ島への第一次攻撃隊より規模が小さくなったのは、やはり対空砲火による被害で要修理機が日立ったためである。

今後空母には予備機が大量に必要になる。真珠湾との戦訓とあわせ、YT予測は強く警告してくることになるが、それに海軍がどう答えられるかは今後の課題と言えた。

攻撃隊の全機発信まで二二分掛ったが、発艦する機数を考えれば、驚くほど短時間だったと言えよう。

これは海軍でも最高技量を誇る第二航空戦隊だからこそ、可能な数値と言えた。

二航戦の二隻の空母は、主力空母としては小型の部類に入る。飛竜、蒼龍とも搭載機数こそ七三機を数えるが、格納庫で整備可能な常用機は五七機に制限される。つまりそれだけ狭いわけだ。

この小さな船体は、そのまま飛行甲板の狭さにつながる。

飛行甲板の大きさはそのまま着艦のしやすさと比例する。技量未熟の人間は、小型の空母への着艦が出来ないというわけだ。そこで二航戦には、優秀なパイロットが集められているのだ。

攻撃隊が南東の空に去っていくのと入れ違いに、ずっとウェーキ島の上で上陸作戦を撮影していた蝙蝠部隊一号機が帰ってきた。

実はこれより先に一機の一式艦偵が、ウェーキに向かっている。蝙蝠部隊は、陸戦の状況も具《つぶさ》に撮影するように命じられているのだ。この二号機には、念のために零戦二機が護衛についた。

そして今米空母攻撃に三号機が同行、この時点で蝙蝠部隊の予備機はゼロとなった。戦場の分散でフル稼働になったわけである。

「ウェーキ陥落は時間の問題ですね。すでに一部の部隊は飛行場に突入しました」

帰還した蝙蝠部隊の市原《いちはら》中尉は、久馬航空参謀に報告する。

「いい感じだな。今日中に敵が降伏してくれれば、空母決戦に全力を差し向けられる。護衛艦隊の大半を沿岸に張り付けておくのは得策じゃない」

この時、空母の護衛に残っていたのは、重巡二隻、軽巡二隻と駆逐艦二隻だけ。残りの駆逐艦と軽巡は、戦艦二隻を後詰に、上陸部隊支援のためにウェーキ島の沖合に出張っていた。

駆逐艦が二隻だけ残っているのには、理由がある。空母で航空機の離発着を行う際に、万一失敗し海上に墜ちた機体が出た場合、その乗員を救助するための通称トンボ釣りに必要なのだ。

ちなみに、重巡と軽巡がそれぞれ残されたのは艦隊の目としての水上偵察機を搭載しているためである。


日本の空母攻撃隊が進撃する中、その狙われている空母ホーネットの艦上でも、動きが急になっていた。

日本の偵察機が接触してきたことから、日本艦隊が近いと気づき、大慌てで攻撃隊の編成に取り掛かっていたのだ。

だが、アメリカ側は日本艦隊の位置を摑めていない。

当初は上陸した日本軍への爆撃を企図していたものが、対艦兵装への転換となった事で、艦内は大混乱に陥っていた。

大急ぎで偵察機が日本の偵察機を追う形で発進したのだが、運悪く雲に阻まれ追跡は途中で断念された。

それでも敵機の消えた方角へ向け索敵を続行す

る一方、ホーネットでは一時間以内の攻撃隊発進を決断した。

ぐずぐずしていたら日本の攻撃があるかもしれないという懸念から、敵未発見でも攻撃機を発進させようという勇断を下したのだ。

しかし、すべてが遅きに逸していた。

現地時間午後二時一三分、ホーネットの見張り員が日本機の集団を発見した。

この瞬間からウェーキ島沖海戦の幕が切って落とされた。

まずホーネットを発見したのは、蒼龍艦爆隊を率いた青木《あおき》大尉の機体であった。

青木機は大きく翼をバンクさせると一気に敵目掛けて突入を始めた。直ちに護衛の駆逐艦とホーネットの両舷のスポンソンから、対空射撃が始まった。


「全機突撃せよ！」

青木の指示で機銃手の實本《さねもと》二飛曹が打鍵を叩く。

二航戦の突撃暗号である、レの連送である。

この連続するツーツーツーの音を聞くや、直ちに急降下爆撃の態勢に入った蒼龍艦爆隊各機の乗員は、ホーネットの甲板に攻撃機が並んでいるのを確認し、拳を握った。

ここに命中させれば大被害確実。各機の操縦士はここぞ日頃の訓練の見せ場とばかりに、敵への肉薄降下を開始した。

ホーネットでは、突如の日本機襲来に慌てふためきながらも急転舵で爆撃から逃れようとあがいた。

だが日本海軍の艦爆隊の、それも二航戦艦爆隊の爆撃技能は卓越していた。

編隊単位で降下していく九機の艦爆は、まさにぎりぎりのタイミングで爆弾を放ち、ホーネットの飛行甲板のすぐ真上付近で上昇に切り替えるという驚異の捨て身戦法に出た。

これは計算し尽くされた戦術で、それまで狙い撃っていた対空機銃は、艦爆が飛行甲板の上に差し掛かった時点で真後ろの死角に入られ、最接近の時点では攻撃が不可能になるのだ。

立て続けに三度の爆発がホーネットの甲板を揺すった。

艦首付近に二発、艦中央に一発の命中弾だ。甲板には大きな穴が開き、もうもうと黒煙が上がる。

「くそ、甲板の搭載機に当たらなかったか」

ホーネットの転舵にあわせて微妙に進路修正をしたため青木の小隊は、敵空母の後部に並んだ艦載機への照準を外されてしまったのだ。

だが続く第二小隊岩淵《いわぶち》中尉の率いる三機は、事前に敵の転舵を予測して降下に入っていた。

今度は二度、大きな爆発がホーネットを揺する。

一番機と三番機の放った二五〇キロ爆弾が見事に飛行甲板後部を捉えたのだ。二番機の放った爆弾は不発弾となり、甲板で跳躍し海に落ちた。

着弾はすべて敵艦の上、爆発不発は言ってみれば時の運なので仕方ないが、命中精度に関して言えばここまで一〇〇%ということになる。

一拍の呼吸を置き、ホーネットの後部甲板で火災が発生した。被害を受けた搭載機の燃料が漏れだし、一気に燃え上がったのだ。

甲板では整備兵たちが、無傷のままで残った攻撃機を大急ぎで海中に投棄しようと押し始める。

だがこの頃から艦が急激に右舷に傾斜をはじめており、そのデッコー作業は思うに任せなくなった。

そしてそこにダメ押しのように襲う、蒼龍艦爆隊の第三小隊と飛龍艦爆隊の六機。

攻撃開始から七分の短い間にホーネットは実に一二発もの命中弾を受け、その主機の動きを封じられた。エンジンを完全に止められたホーネットは、右舷に大きく傾き炎に包まれながらも必死に対空射撃を続けていた。

だが艦の運命は、もはや決している。

健在だったブリッジで艦長は総員退艦を命じた。燃え盛る艦の舷側から、乗員が次々に飛び降りる。するとそこに今度は、速度の関係で遅れて到着した艦攻隊が襲い掛かってきた。

友永《ともなが》大尉に率いられた蒼龍の艦攻隊六機が、動きの止まりつつあるホーネットに向け一斉に魚雷を放つ。

全弾が傾斜している側の右舷に命中した。

激しい水柱が消えたと同時に、ホーネットは大きく傾き一気に転覆し、同時に機関部が大爆発を起こした。

轟沈の瞬間である。

さあ、ここで困ったのが、まだ魚雷を抱いている飛竜の艦攻隊一二機である。

「ええい、各個に突撃」

飛龍艦攻隊を率いてきた三宅《みやけ》中尉がキャノピーを開き右手をくるくる回した。これは事前の取り決めで、各自自由に目標を選べと言う合図であった。

とは言え、残っているのは無傷の駆逐艦二隻だけである。

一二機はこの二隻を取り囲むようにして襲い掛かった。

動きの速い駆逐艦への雷撃は難度が高い。

しかし、飛龍雷撃隊は全方位からほぼ同時に二隻に襲い掛かるという、アメリカ側からしたら厄介この上ない戦法を取って来た。

実際に二隻は、魚雷を避けきることが出来なかった。

駆逐艦ポーターに魚雷二発、クラークに一発が命中、ポーターは大火災の後に沈没。クラークは辛うじて沈没を免れたが、速度が著しく低下しながら脱出するしかなかった。

退避する前にクラークは、沈没したホーネットとポーターの乗員救助を試みたが、狭い艦内に収容できる人数には限りがあり、艦長は断腸の思いで救助を途中で切り上げ真珠湾へと舵を切った。

結局アメリカ側の沈没艦の生存者は、このクラークに救助されたホーネット五一二名、ポーター二四名だけとなる。

海戦はまさに日本の一方的勝利に終わったわけである。


そしてウェーキ島の攻略も、夕刻までに決着がついた。

上空から戦況を撮影していた蝙蝠部隊二番機の逸見《いつみ》少尉機は、飛行場守備隊が最後に籠っていたトーチカに白旗が上がるのをはっきりとカメラのフレームに捕えていた。

「敵降伏、艦隊に打電しろ」

報告は即時二航戦司令部に届いた。

「作戦はこれにて終了だな。偵察機を収容次第、反転帰投する」

山口多聞少将はそう言うと満足そうに微笑んだ。

4

ウェーキ島を巡る戦いが日本の一方的勝利に終わったという報告は、その日のうちに大和艦上の連合艦隊司令部にも届いた。

戦艦大和の通信室は、空母飛龍からの完勝の報告をしっかりと受信していたのである。

移動中の艦隊は無線封止しているが、常に聞き耳は立てている。

戦艦のひときわ高い艦橋マストは、優秀な送受信アンテナの役も担っている。しかも大和の無線機は特別製だ。未来技術の応用で能力が桁違いに強化されている。

「多聞丸がやりおったな」

山本長官が満足そうに笑いながら、宇垣参謀長に言った。多聞丸は山口司令の綽名である。

「敵空母一隻轟沈、島の陥落よりこちらの方が大きな収穫ですな」

宇垣の言葉に山本は頷く。

「YT案件としては、これで日本本土への空襲は回避できたという事になるな」

「しかし……」

そう言って宇垣は少し渋い顔をした。

「アメリカが取るであろう代替案の件か」

山本が言うと宇垣はこくりと頷いた。

「はい、出されている予想があまりに多岐にわたり、全部への対応は無理ですよ」

宇垣に言われ、山本は自分の机の上に置かれた書類に手を伸ばした。

「確かに現時点では何とも対応に困る状況だな。しかしYT研究班の報告では、今後の情報入力次第で数は絞れるということだがな」

「それなんですが、蝙蝠部隊や現場部隊からの情報だけでは情報が不足していくと思うのです。今後は陸軍との協力が不可欠になるでしょう」

宇垣の言葉に山本が気持ち声を潜めて言った。

「陸軍の情報部との連携は無論欠かせないが、我が海軍でも諜報に特化した部隊の編成を急いでいる。すでに軍令部の下にその部門を設け、人選も終わっている頃だ。それと、大和の計算機と別に、新たな技術革新を目指して立ち上げた秘密部署も稼働し始めた」

「おや、それは初耳ですね。情報部の件はなんとなく耳に入ってましたが」

「うむ、まだ一部の人間しか把握しておらんし、今後の最重要秘密事項でもある。すまんが貴様も他言無用に願う」

「心得てます」

宇垣がさっと頭を下げながら言った。

この山本が言っていた話のうちの情報部というのは、海軍軍令部の作戦部の下に新たに設けられた戦時諜報課のことで、既に課長として山崎太一《やまざきたいち》中佐が任命されていた。

山崎は英国日本大使館に駐在武官として、四年勤務した実績のある欧米通であった。無論、英語に不自由はなく、他にスペイン語とドイツ語フランス語に精通していた。

その山崎は、ウェーキ島の完勝が報じられた時、たまたま海軍省に居た。

「真珠湾に続いての完勝か。戦争の動きとしては悪くはないが、その先行きにとっては不安材料になりかねないな」

この日、海軍省ではYT研究班に関する秘密会議が開かれていた。

この会議は海軍と陸軍の情報連携に関する取り決めの最終的確認の席で、山崎の率いる事になった戦時諜報課にとっては、最初の公の場での仕事となった。

現在、戦時諜報課は構成員の選択中、つまり諜報に携わる人間を、軍の内外からリクルートしている最中であった。

「課長は、勝ちすぎて驕《おご》るというのを警戒してますか」

会議に随員として参加している部下の大野《おおの》大尉が、山崎に言った。

「無論、それもあるが、YTへの過度の信頼を生みかねないという意味での警戒心だ」

大野が唇をすぼめ「ほう」と小さく呟いた。

「自分はてっきり、中佐はYTを信用しきっているのだと思っていましたよ」

「ある程度は信用する。だが相手は機械だ。絶対に間違いはある。人間の行動なんて不規則なものが、完璧に予期できるはずがない」

「そりゃそうでしょうけど、指針として予想があるのは助かりますよ。これまでもYTは突拍子もない予想出してます。万一にも、という観点からだと、この突拍子もないやり方に対しても対応策を講じることで、最悪の事態は回避できるんじゃないですか」

「貴様、順応性が高いな。しっかりYTの使い方を理解できている。その取り組み方で基本は間違っていない。むしろ警戒すべきは、予知で大きな可能性を出してくる案件だよ」

そこで大野は、ふむという感じで頷いた。

「つまり中佐は、可能性の高い予測が外れた場合の、人間側の意識が問題だと仰《おつしや》りたいのですか」

山崎がいかにもと言う感じで頷いた。

「そうだ。まさにそれが怖いのだ。もし仮に一〇〇%当たる天気予報があったとしたら、人間はその予報の通りにしか雨に備えないだろう。だが突然のにわか雨が降り、これが予報に出ていなかったら不安を覚えるはずだ。そして明日の予報も大丈夫なのだろうか、と疑心暗鬼になる。最初は小さな綻びでも、この疑心はやがて不信へと変化していきかねない」

「後ろ向きだなあ。その発想では、どんな進歩的な発明も受け入れるのは難しくなりますよ」

山崎は頭を掻いた。

「いやまあ、これは観念的な話でしかない。実際にYTの予測にケチをつけたいわけじゃない」

その時、会議室の扉が開き、数人の海軍高官が入ってきた。海軍軍令部のお歴々である。

「会議始まりますね」

大野が立ち上がって一礼してから山崎に言った。

「陸軍さん、待たされてるから機嫌が良くないぞ」

ひそひそという感じで山崎が大野に、先ほどから対面でずっと仏頂面をしている陸軍の代表を見ながら言った。

「この先、巧く協調できますかね」

大野の問いに山崎は言った。

「神のみぞ知るだね」

東京での会議は深夜にまで及んだ。

この同じ日に、奇しくも山本が宇垣の語ったもう一つの秘密部門でも、大きな動きがあった。

海軍四号研究所。

それが秘密部署の名称だった。

所在地は京都府舞鶴。海軍の軍港にほど近い山の中腹から山頂にかけて立ち入り禁止のエリアが作られ、そこに大きな新造の建物が数棟、出来上がりつつあった。

そのうちのもっとも工事が進んだ棟内では、既に海軍の関係者を中心とした作業が始まっているのだが、そこにこれまでの海軍では見ることの出来なかった種類の人影が散見された。

制服に身を固めたそれらの人影の正体は、女性軍人であった。

軍属ではない。階級章付きの軍服を着た、れっきとした軍人なのであった。

海軍においても病院関係などで看護婦が軍務に就いているが、それ以外の女性が軍服を着て働いているというのは、これまでまったく見ることの出来ない光景だった。

しかも、その軍服を着た女性は、ほぼ全員が将校の階級章を付けていた。

女性は海軍兵学校に入れるはずがない。つまり特例措置での任官であるが、看護婦に階級が与えられるのと同等の措置であるのは間違いなかった。

兵士に命令を聞かせる立場に、彼女たちを置いておく必要があるという事だ。

つまり命令系統の上位に、彼女たちは置かれている。だから階級はいずれも、下士官以上のものが与えられている。

その日は深夜まで作業が続いていたが、その作業にも数人の女性将校が携わっていた。

特定の部下を持つ将校であったら立派な士官と呼べるわけだが、どうやら彼女たちに明確な男性の部下がいるわけではなさそうである。それでも、現場で階級が下の者は、黙って言う事を聞く以外にない。

その女性将校を束ねていると思しき人物は、一団の中でも特に若く見えた。

それも無理からぬ話で、彼女は今年まだ二一歳になったばかり。その女性はあの日、鷹岳省吾に海軍入隊を迫った田伏雪乃に他ならなかった。

「田伏中尉、この電源を繋げば準備は完了です」

技術下士官の一人が雪乃に言った。

「さあ、やりまひょ。この実験が成功すれば、大和の研究班も助かるはずやし、気張っていこ。麻《あさ》美《み》さん、準備はええ？」

「いいわよ」

一人の女性少尉が雪乃に答えた。

創原《そうはら》麻美特務少尉、田伏と同じ大学の同じ研究室にいた仲間だ。

現在この部門には、五人の女性将校が居る。雪乃を除いて全員特務少尉。そして全員が同じ研究室で研究を行なっていた仲間であった。

この五人の中で田伏は下から二番目の年齢であったが、ここの指揮は中尉である雪乃が取っていた。

それは、この部門が立ち上がった時に、真っ先にスカウトされたのが彼女であったからだ。

彼女たちが中心となって研究しているのは、未来からもたらされた情報に基《もと》づく新技術の開発。

実は、すでに新しい兵器、電波探知機を完成させ、海軍では近く実験を開始しようとしているのだが、今実験を始めようとしているのはまったく別の装置であるらしかった。

「通電します」

技術下士官がそう言って、大きなスイッチを押し上げた。

ブンという唸り声のような音が響き、室内の照明が一瞬暗くなったが、すぐにそれは元に戻った。

幾つもの計測機器が大きな自動車一台分はある機械に繋がれており、それぞれの危機に数人の研究員が配置されていた。

「数値問題なし」

「出力始まってます」

すべての状況を見渡せる位置に立った雪乃は、電源が入れられてからずっとストップウォッチを睨んでいた。

「まだなの……」

じりっとした感じで彼女が呟いた時、班員の一人が叫んだ。

「出ました。正解値です。誤差ゼロ！」

雪乃の手がストップウォッチを止め、彼女は素早くその秒針を睨んだ。

「三・四秒。ええわ、理論値に近づいた。これ成功ちゃうん？」

「成功よ、雪乃！　基盤には一切、焼き付きはないわ！」

山田小夜子《やまださよこ》という同僚が、機械の中から引き出した数枚の基盤を点検して叫んだ。

これを聞いて雪乃は微笑んだ。

「第一段階終了やわ。これで電気増幅の問題は克服したわ。あとは入力と遮断の自動化だけよ」

そう、彼女たちが実験していたのは、初期のトランジスタなのである。

「……由佳ちゃん、貴女の世界のそれには及ばへんけど、うちらも絶対にアイシーちゅうの完成させてみせるわ。そして『ぱそこん』を全部の軍艦に配ってみせる」

そう、それが彼女たちの最終目的であった。

武器の管制と船自体のコントロールまでも睨んだ、軍艦へのコンピューターの導入こそ、海軍四号研究所の目指す技術開発なのであった。

この部門の開設と、雪乃たちが軍に囲われた背景には、鷹岳が上層部に食い込むために使った手段が密接に関わっていた。

彼は雪乃の手元に届いたタブレットを武器に、

未来に起こるはずの悲劇を海軍の高官に訴えた。それを回避するための手段として、まずYT研究班が設立され、大規模演算計算機の組み立てが始まった。しかし、その現物が出来上がりつつある中、一つの問題が重くのしかかった。

機械の最終演算を、時空を超えたタブレットのICに依存しなければならないため、最大限一台しか計算機は製造できない。

しかも海軍としては、これを戦場で運用したいという意図から、最初から戦艦大和に組み込む形で計画を推進させた。

不沈艦と言われる大和だが、船である以上沈まない保証などあるはずがない。そこで早期に、量産型のコンピューターを作るための部署を作る必要に迫られた。

その技術開発の責任者として白羽の矢が立ったのが、この世界で最初に未来と接触した人物、つまり田伏雪乃だったわけである。

こうして海軍は雪乃と接触し、彼女の快諾の下に、一緒に研究をし未来との接触に成功した研究室の仲間四人と共に、海軍の軍人として雇われることになったのであった。

海軍としてみたら、令和世界と接触していた当事者をひとまとめに監視できるのだから、防諜上も得策と言えた。

当然、彼女たちの職務自体が秘中の秘であり、表向き彼女たちは第一期文官将校という謎の名称のもとに、海軍の籍を与えられたのだった。

そして彼女たちは、この昭和一六年一二月二一日深夜の実験で、トランジスター実用化の第一段階を突破してみせたのであった。

この時、演算装置に使用したのは、大きさがだいたい一銭銅貨程度の物だったが、彼女たちはこれをさらに小型化させる研究も行なっている。

この発明は、時間をさしておかず、各種の兵器の刷新に繋がっていく。だが雪乃たち自身は、それにまだ気づいていない。

彼女たちは第一目的であるコンピューター開発にだけ目が向けられており、兵器という分野にまで自分たちの技術が応用できることに、気が回っていなかったのだ。

しかし海軍上層部は、最初からそこに着目しており、雪乃たちの下に配置された技術者たちは、新発明が応用できそうな兵器に関しての意見書を逐一、上層部に提出し、上でもこれを精査して新兵器開発の号令を出していた。

今回のトランジスターの発明は、特免要員の一人である、海軍兵器部の技術将校美樹本《みきもと》少佐の手によって、近接作動信管発明に利用されることになった。

この発明こそ、戦争を日本が有利に進める上で絶対に必要だと海軍が考えていた物であり、軍令部ではトランジスター実験成功に万歳が唱えられたほどの騒ぎになった。

それゆえに、この日が戦争の行方を決定する一つのターニングポイントとして記憶されることになるのであった。

だが、その新兵器群が戦場に出るまでにはまだ時間が必要で、それ以前に、戦争そのものがまだ始まったばかりの五里霧中。今は連合艦隊と英艦隊の激突こそが、最大の焦点なのである。

英艦隊撃滅を期す連合艦隊主力、大和を中心とする艦隊は、日本で新発明が生まれ落ちた頃、ルソン島の手前に到達しようとしていた。

　そしてその連合艦隊主力が追いかけるマレー攻略の大輸送船団は、フィリピンのルソン島北西部沿岸に差し掛かりつつあった。

　どうにか船団に追いついたという事で、連合艦隊はここで一度、速度を落とし、船団の動きに歩調を揃えた。

　船団の護衛部隊は、戦艦部隊の到着に安堵の表情を浮かべる。

　正直、この大規模船団は、南遣艦隊だけで護衛できる規模ではなかったからだ、

「英軍の動向が気になるが、今のところ仏領インドシナの航空部隊がうまく押さえ込んでくれているようだな」

　南遣艦隊司令の小沢少将は臨時旗艦の重巡鳥海《ちょうかい》の艦橋で、参謀長の沢田《さわだ》大佐に言った。

　そもそも南遣艦隊には重巡は配備されていなかったが、対米英海戦に向けて、仏印方面を中心に活動する艦隊のテコ入れが必要という判断と、司令の小沢少将からの旗艦機能を持つ艦派遣の要請に基づき、連合艦隊長官の権限でこの鳥海が派遣された経緯がある。

　それでも南遣艦隊の規模では、船団護衛を十分に賄《まかな》えないのは目に見えていたが、YT予測で危険度が低いと計算されていたことに背を押され、作戦は履行されている。

「昨日の時点で、戦艦二隻はシンガポールに在泊したままです。ただやはり気になるのが空母の動きですね」

「インド洋の偵察隊の監視網に引っ掛かったのが昨日だったたな」

「はい」

インド洋には既に大型潜水艦一二隻が配置され、敵の補給線破壊と偵察をこなしていた。その中の一隻が、昨日デュエゴガルシアから出航した英空母二隻を含む小規模艦隊の姿を潜望鏡に捉えた。

予想されたR級戦艦の同行は、認められなかった。YT予測では、英軍が戦艦を補強する確率はほぼ五分五分だったのだが、速度の遅いR級に歩調を合わせるのを嫌ったというのが正解だったのだろう。

発見位置から計算すると、およそ六日で艦隊はシンガポールに到達すると目された。

実に微妙なタイミングになってしまった。

敵が合流する前に上陸船団が予定地点に到達できれば問題ないのだが、合流した日本の戦艦部隊の一部はフィリピン攻略の援護として、スービック及びコレヒドール方面への艦砲射撃が命じられていた。

おそらく上陸部隊を最速で南下させた場合、この艦砲射撃に割かれた戦力は、吸収しきる前に戦闘が始まってしまう。

「無線封止に入っているので、連合艦隊と歩調を合わせるのが難しいな。あちらではどう判断しているのだろうな」

小沢が暗い南シナ海を見つめながら言った。

この海を進んだ先に、戦争の行方を占うという意味での大きな戦いが待ち構えている。だが、今の南シナ海は静かに波をくねらせるだけ。

この夜、この方面では目立った戦闘は起きてはいなかった。

例外的にソロモン方面に向かっていた機動部隊の四隻の空母が、ニューブリテン島に対し空襲を行なっていたが、これには敵の反撃はほとんどなく一方的に爆弾の雨を降らせて終わった。

　この爆撃は年明け以降にニューギニア方面への侵攻を控えての予備調査の意味もあったが、オーストラリア軍は極めて手薄であり、米軍はまだこの方面への派兵を行なえていない状況だった。

　やはり現在の焦点は、対英艦隊決戦である。

　すべては、この翌日、昭和一六年一二月二二日から始まった。

「敵艦、抜錨しています」

　激しい対空砲火の中、必死の偵察を行なうのは海軍蝙蝠部隊の陸上部隊の一機。南部仏印のサイゴン基地から飛び立った一式陸偵であった。

　偵察機は現在、シンガポールのセレター軍港の上空に居た。

　日本軍は連日決死の偵察で、英東洋艦隊の動きを探っていた。

　日本のマレー上陸が開戦劈頭に行なわれないと知った英軍は、一度湾内に進撃させていた戦艦部隊をシンガポールに呼び戻した。

　その後、艦隊は、日本軍の動きを睨みじっと軍港内で息をひそめ続けていた。

　だがついにこの日、艦隊は錨を上げシンガポールから出航しようという、まさにその瞬間に偵察機は立ち会ったのであった。

「僥倖だな」

　一式陸偵の操縦士浅海《あさみ》中尉は、快速にものを言わせ対空砲火を躱《かわ》しながら呟いた。

　この先プリンスオブウェールズとレパルスがどこへ向かうのか、日本側は執拗に追跡を行なう事になる。もしタイミングがずれていたら、敵艦との距離が開き、追跡が難しくなっていただろう。

　この瞬間から、日本軍による決死の英戦艦追跡戦が始まった。

日本はなるべく複数の偵察機で英艦隊をマークし、陸上から航空機が来た場合は、遠目に退避し鬼ごっこを演じる。そして敵の燃料が尽きたら、再度マークを続けるという図式である。

その追跡の先に待つのは、まぎれもなく日英艦隊の激突。

だが、それにはまだ数日の時間的猶予があるのだった。

基本的に対空砲の射程外から追跡を続ける日本の航空機。この追跡は夜間にも及び、専門の夜間水上偵察機である九八式夜間偵察機が大活躍する事となった。夜明けまで執拗に追尾したのち、偵察機は帰還した。

入れ替わりに陸軍の百式司偵と、海軍の一式陸偵が繰り出してくる。

そしてこの追跡を補助したのが、潜水艦部隊であった。

南シナ海の南縁には、合計七隻の潜水艦が網を張っており、この時も二隻の伊号潜水艦が戦艦部隊の姿を潜望鏡に捉えていた。

隙あらば魚雷を放とうと構えるが、敵の駆逐艦が邪魔でどうしても戦艦へは接近できない。

仕方なく潜水艦隊は偵察にその重点をおいて、夜間に無線で、その日の敵の動向を詳しく送る事になる。

こんな感じの追跡は丸二日に及んだ。

明けて一二月二四日、一度、南を目指していた英艦隊が動きを転じた。

スンダ海峡を通過するかと見えた艦隊は、動きを止めてから再度、北北西にUターンして動き始めたのである。

それもかなりの高速での移動であった。

日本の潜水艦は敵の転進までは確認できたが、増速されたことで追尾が不可能となった。

この位置まで来ると陸上機での追跡は困難で、二四日の朝からは陸海軍機ともマークを外された格好になっていた。

そこで敵の転進を確認した伊号七八潜水艦は、大胆にも敵を有視界に置いたまま一旦浮上し、敵の向かったと思われる方向を、連合艦隊と南遣艦隊に打電した。

幸いに潜水艦は敵に発見されず、電信も無事味方に届いた。

「これは、空母との合流を目指しているな」

報告を受けた南遣艦隊の小沢は、瞬時に英側の狙いを見抜いた。

日本が東洋艦隊打倒に戦艦部隊を送ってくるのは、敵側にもお見通しである。最新鋭とはいえ、日本砲の能力で劣るプリンスオブウェールズは、日本艦隊との正面決戦を避け、空母部隊による上空援護を受けつつ日本の輸送船団、もしくは連合艦隊と相対峙しようとしているに違いない。

こうなると日本としては、英東洋艦隊主力が空母と合流する前に叩きたい。

しかし小沢の手駒に戦艦に対抗できる戦力は、在仏印の陸攻部隊しかいない。いくら足の長い彼等でも、英軍の現在位置までは攻撃の手が届かないだろう。

小沢としては、山本長官直轄の連合艦隊に、すべてを託すしかない。

連合艦隊でもこの電信は受信しており、山本の命令で、艦隊は船団を追い越して加速をし始めていた。

「こちらの上空偵察を外すのを目的に南進していたとは思うが、結果的に敵の意図を分かりやすくしてくれた」

宇垣が参謀たちを前に言った。

「空母は間違いなくマラッカを通過ですな」

三和《みわ》参謀中佐が興奮気味に言った。

「ああ、もうあと数日で決戦だ。気を引き締めて行こう」

宇垣は総連合艦隊参謀たちに発破をかけた。

しかし、この時すでに戦いの火蓋《ひぶた》は、思いも寄らぬ場所で切って落とされていたのであった。

第3章　対英東洋艦隊決戦

1

　戦艦大和の艦橋に山本長官が立ったのは、一二月二四日の夕刻であった。

　通信室からの報告を受け、居ても立ってもおられず長官室から出向いたようだ。

　他の幹部たちも連絡を受けたのか、艦橋に集まる。

「潜水艦部隊がやってくれたな。重巡を仕留めたのは大金星だ」

　遅れてやって来た宇垣参謀長に、山本が言った。

「通信室に寄って詳報を見てきました、どうやら沈んだのはドーセットシャーのようですね」

「事前情報では英空母に付き従っていたはずだ。だが、敵を仕留めた伊号七一潜からの報告に、空母に関するそれがない。たまたま艦隊から外れたのか、別行動だったのか判断に苦しむな」

　山本が腕組みをしながら言った。

　実際のところは、ドーセットシャーは機関に不調を生じ、修理のために極端に速度を落として艦隊から置き去りにされていたところを襲撃されたのだが、この辺の事情が日本側から窺えるはずもなかった。

「いずれにしろ敵が向かっていたのが、シンガポールには間違いないでしょう。仕留めた位置から見て、ＹＴ予測はまたしても正解を出したようですね」

「そうだな。この位置から考えると英インド洋艦隊の向かっているのは、予測の通りマラッカ海峡と思って間違いない」

山本は艦橋の海図台の上の図面に置かれた印を示す。英巡洋艦ドーセットシャーの沈んだ地点を示す印だ。

「問題は、やはり空母の正確な位置ですね」

宇垣が言うと山本が頷く。

「正確な位置が判れば、こちらの艦隊の動きを微調整できる」

二人が地図を睨むと、脇に居た黒島作戦参謀が脇から手を伸ばし一点を示した。

「YTでの予測位置は、この点を中心に一〇〇海里前後、自分はズバリこの位置で合ってそうだと思っとります」

「予測値だからか?」

宇垣が聞くと黒島は首を振った。

「合理的判断ですな。敵の出せる速度と、マラッカ海峡の狭さを考慮しますと、最大限の速度でもこの地点以上には進んでいない。そう考えます」

山本が頷いた。

「そうだな、あの海峡の通りにくさは、航海した経験のある者なら皆知っている。どんなに急いでもこの地点、そして敵は最大速度で動いていると思う以上、ここで正解じゃないかな」

「そうですね、バンダ海に向かって陽動を図ったプリンスオブウェールズ等も、空母部隊との合流を計算し動いていたでしょうから、今朝の時点での回頭は空母の推定位置と合致してます」

宇垣が腕組みをして海図を睨んだまま言った。

「空母部隊の合流予想日と地点が、今後の作戦発動に向けての焦点になりますね」

黒島が言った。

だが山本は落ち着いた声で言った。

「慌てる事はない。こっらが艦隊を早急に進めれば、奴らは意地でも叩きにくる。その機に乗じて決戦という、かねてからの筋書で戦えばいい」

「要は機先を制する事、ですか。確かにそうなれば敵の合流自体を阻止できるわけですし、ＹＴ予測でもその点は示唆してきていますね」

宇垣が言うと、山本は顎をぐっと引く。

「そうだ、慌てる必要など微塵もないのだよ」

この時、連合艦隊司令部の座上する大和は既にフィリピンルソン島沖を通り過ぎ、まもなくパラワン島近海に迫っていた。朝から一気に速度を上げ、上陸船団を引き離したことになる。

この位置が示すのは、戦艦部隊がシンガポールまでかなり接近したことを意味している。

戦艦主力で構成された第一艦隊から分派された扶桑と山城は、ルソン島への艦砲射撃をこの日の午後から開始していた。英艦撃沈の報に接しても、長門から扶桑に指揮を任じられ移乗した、第一艦隊司令の高須《たかす》少将は、両艦を動かそうとせず黙々とコレヒドール要塞を攻撃し続けた。

これもつまり既定の戦術であるという事で、ドーセットシャー撃沈はイレギュラーであるものの、英艦隊のマラッカ通過はＹＴ予測によって事前に強く示唆されていたからであった。

その予測を出していたＹＴ研究班に、さっそくドーセットシャー撃沈の報告がもたらされ、新たな計算予測の材料とされた。

「私見では、少なくない影響があると思うのだけれど」

この先の英軍の出方に関しては、かなり振れ幅の大きい予測が出ている。うまくすればそれが一つの方向に収束するかもしれないが、逆に新たな選択肢が生まれている可能性もある。

人間の考える以上に、敵の作戦傾向に精通している人工頭脳は、その選択肢から確率の高いものを示唆はしてくれる。

だが、可能性の低い動きも無視してはならない。その動きについて新要素が計算結果に含まれるかは、実際にやってみないと判らないのだ。

というわけで、英艦隊の行動予測を最優先とする計算が、大和の艦内で徹夜で行なわれることになった。

明けて一二月二五日、クリスマスの未明にYT計算機はある予測を叩きだした。

「意外だな。てっきり新しい方向性になるのかと思った」

まだ数値と図式でしかない予測を文章に起こしながら、鷹岳は小さく頭を振った。

出てきた予測は、これまでにも出ていたそれを数値で補正しただけのものだった。

そしてそれは、収束方向へと傾いた。つまり、ある一定の戦術に、高確率で可能性を付与してきたのだ。

すぐに報告は、連合艦隊司令部に上げられた。

まずこれに目を通したのは、作戦参謀の黒島大佐であった。

「いける、これはいけるぞ」

黒島はやや興奮した感じで、宇垣参謀長を叩き起こした。

「参謀長、敵への対処方法がほぼ決まりました」

眠い目をこすりながら宇垣が聞いた。

「どうした、もう計算結果が出たのか？」

黒島が肩をいきらせながら頷き答えた。

「肉を切らせて骨を断つ、これでいきましょう」

宇垣がこきこきと、寝ている間に凝った首を鳴らす。

「慌てるな、まず予測でどうなったのかを教えろ」

「基本的には大きな変化はなしです。その代わり、敵の動きについて確度の高い予測が出ました」

「む、そうか、すぐにその計算書を見せろ」

すると、黒島は「あっ」と言って額を叩いた。

「作戦室に忘れてきましたわ。すぐ取ってきます」

「このアホ、いいい、こっちから出向く」

というわけで、宇垣と黒島は作戦室に向かった。

艦内は戦闘直ではなく警戒直のままで航行していたので、室内には当直の永田《ながた》参謀中佐と有馬《ありま》参謀少佐だけが詰めていた。

「おう、ＹＴの報告書はどこだ?」

宇垣が聞くと、有馬がさっと数枚の書類を差し出した。

ざっとこれに目を通した宇垣が呟く。

「確かに内容的には前と変わっておらんようだ」

すると黒島が、すぐに書類を横から指で示しながら説明を始めた。

「この三つの可能性が高まっておるでしょう。問題は、それに付随する敵の動きの方ですな。これはどの選択肢を敵が選んでも、一か所に攻撃が集約します」

「む……」

宇垣の目つきが険しくなった。ようやく目覚めたという感じで思考を巡らせ、ある結論にたどり着いた。

「敵の狙いは我が艦隊と上陸船団の一網打尽か。なら、その機先を制するに限る」

宇垣の呟きに黒島が頷いた。

「ご名答、すぐに無線封止を解除して、全軍に指示を出すべきです」

「それはいいが、この司令部の位置を知られることになり兼ねんな」

少し渋い顔をする宇垣に、黒島は言った。

「危険と表裏一体でなければ勝利は得られない。山本長官が真珠湾の時にもそう言いましたよね」

「そこで長官の言を持ち出すか。まあ、その通りなんだがな」

宇垣はバサッと書類を置くと、有馬少佐を横に呼んだ。

「すまん、長官を起こしてくれ。すぐに動き出したほうが良い状況だ」

「了解しました」

有馬が私室に行ってみると、山本長官は起きていた。徹夜で書類を検討していた様子であった。

話を聞いた山本は頷き、作戦会議を招集させた。

一〇分後、山本長官の指示で集まった参謀たちは、黒板に書かれている文字に目を丸くした。

「艦隊は全艦全力で進軍……」

それが作戦の概要なのか概念だけなのか理解しかね、多くの者が首を傾げた。

単に急ぐなら全速と書くだろう。

なぜ全力なのかは謎だ。

それも当然で、書いた本人の宇垣参謀長は全速と書いたつもりでいたのだが、まだ覚醒しきれていなかったのか、手が勝手にこう書いてしまったのだ。

山本長官が入室してきて、この黒板を見つめ数秒何か考え込んでいたが、すぐに頷き、チョークを取ると文をこう書き換えた。

「全艦隊は渾身で全速前進せよ」

意味が明確になり、皆納得の表情を浮かべた。

書き換えられたことで初めて宇垣は自分のミスに気づき、顔を真っ赤にして首をすくめてみせた。

ただちに会議が始まったが、この会議はわずか一五分で閉会した。

そして、その直後から頑《かたく》なに沈黙を続けていた戦艦大和の無線室が、慌ただしく通信を送り出し始めたのであった。

まずこの通信に真っ先に反応をしたのが、南遣艦隊を率いる小沢少将の司令部であった。

臨時編成寄せ集めの南遣艦隊であるが、マレー上陸部隊の直接護衛として現在、重巡一隻、小型空母一隻、軽巡一隻、駆逐艦六隻を指揮下に置いている。

他にも駆潜隊が輸送船に同行し、対潜水艦警戒を行なっている。駆潜艇の速度は遅いが、そもそも輸送船団の速度も遅いので、問題なくエスコートを続けられていた。

その輸送船団は、実に大小六二隻もの各種輸送船で構成された大船団で、日本軍の歴史上でも最大級の上陸作戦部隊となっていた。

「なるほど、規定案三を選択したか」

連合艦隊からの指令を受け取った小沢が頷く。

規定案とは、YT予測に基《もと》づき事前に取り決められた対応戦術である。

「我々自身が、ある意味囮ですか。身が引き締まります」

参謀長の泊崎《はつさき》大佐が口元を引き締めながら言った。

「陸軍航空隊が、きちんと歩調を合わせてくれるかも大きいですね」

作戦参謀の佐々木《ささき》中佐がやや不安そうに言った。

「大丈夫だ。すでに新しい飛行場は稼働している。上空の傘は十分に足りるはずだ」

泊崎が地図の一点を示しながら言うと、小沢司令が細かく頷く。

「そうだな。我が軍が産油地帯よりボルネオ西部を先に落としにかかった意味を、英軍にその身で理解してもらおうじゃないか」

「ええ、ここまでの作戦がマレー攻略と言うより、英艦隊撃滅を主目的としてきたわけですから、ボルネオ西部は本当に重要なカギになりました」

佐々木がそう呟きながら、泊崎の示した位置にディバイダの一端を置き、ぐるっともう一方の足を回してみせた。

すると、そのもう一方の針は、まさにシンガポールの真上を通って見せた。

彼らが語るボルネオ西部は、言ってみればシンガポールの喉元に突き刺さったナイフのようなものだ。

知っての通り、開戦と同時に日本軍は、フィリピンの米軍戦力を後回しにし、ボルネオのオランダ軍を攻めた。

仏印から長駆航空戦力を派遣し、まず空挺作戦で橋頭保を確保した上で、陸軍一個師団と海軍陸戦隊一個連隊で、ボルネオの西半分をこの日までに占拠していた。

驚くほど迅速な占領作戦である。

これは敵の予想の裏をかいたためで、この方面の守りは事実上ないに等しい状況だったのだ。

現在西部を平らげた上陸部隊は、島の東部に転進し、パリクパパンの製油施設奪取のための攻勢作戦の最中にあった。

つまりオランダ軍は最初から、石油関連施設こそが敵の最重要かつ優先すべき軍事目標であると捉えて守りを固めていたのだが、それを横目に日本軍は防御の希薄だった西部を一気に占拠していったわけである。

その占領地域の最西部付近にあたる、文字通りシンガポールの喉元に位置するレドには、先に占領したブルネイの航空基地を経由して、陸軍の戦闘機隊が密かに進出していた。

実はこの二五日で、基地開設まだ三日目……決戦へ滑り込みの戦力展開であった。

この方面に、空母は南遣艦隊の龍驤一隻しかいない。搭載機は四八機と小型空母にしては多いのだが、補用として一五機は常に分解格納されている。

この補用を引いた残りからエアカバーに使える戦闘機は、旧型になる九六式艦戦が一五機のみ。

さらに三機を搭載してはいるが、肝心の操縦士が一五名しかいないから、それ以上の運用は出来ない。

このわずかの旧型機で上陸船団をカバーするのは難しいという事で、レド及び仏印のサイゴンから陸軍の戦闘機、最新鋭の一式戦闘機隼《はやぶさ》を装備する二つの飛行戦隊が、上陸援護に参加する手筈になっていたのである。

隼は陸軍機としては画期的な航続距離を持ち、航法の確かな案内機さえあれば洋上飛行訓練を受けていない陸軍であっても、渡洋攻撃が可能と判断されている。

そこでこの隼部隊を、数の足りない海軍戦闘機に代替させることになったのだ。

上陸部隊の掩護はそれで賄《まかな》えるが、問題は、敵インド洋艦隊の空母部隊が東洋艦隊主力と合流した場合の、連合艦隊の傘になる航空部隊である。

しかし、それを含めて作戦は既に編まれており、今これから英軍が取るであろう戦術に適応したものが事前に出来上がっている。

こちらを欺くように転進を繰り返す英戦艦に日本側が動揺しないのも、すべてはYT予測のおかげであった。現在、全部隊は連合艦隊司令部からの指示で、あらかじめ組まれた作戦のうち選択されたシナリオに沿って動きを急にしていた。

この作戦の基本になったのは、やはりYT計算機によって導き出されたものだが、連合艦隊司令部ではこれに現実的な艦艇のやりくりを加味して、最終的な作戦案を作り出した。

敵の出方によって、YT計算機は実に七通りの作戦を弾き出していたが、今回の動きに合致した作戦は、通し番号で三番目のそれにあたった。

連合艦隊からの指示でまず大きく動いたのは、上陸船団本隊と連合艦隊の主力である。


今回の作戦では上陸予定地点を二か所設定しているのだが、そのうちの第一上陸地点へ向かう部隊が、まず半歩先に出る形で増速を開始した。

連合艦隊はこの船団のさらに前に出るために、既に加速していたわけだが、二五日昼までには輸送船団のすべての艦艇と、その前衛の南遣艦隊を追い抜いた。

連合艦隊は、そのままさらに上陸船団との距離を開いている。

輸送船団が日本と上海を出たのが四日、連合艦隊が日本を発ったのが一四日だから、軍艦と輸送船の巡航速度、さらに全速でさえも、これほどの差が出るという事だ。

日本軍の上陸船団は一気に加速したことで、二六日の未明にはボルネオ沿岸を半ば以上過ぎた位置にまで前進した。

先述のように連合艦隊は、さらにそれより先行している。

この時点で全部隊は、シンガポールまで直線で三五〇キロ圏内に入った。これは確実に敵の哨戒圏内であり、基地航空隊からの航空攻撃の可能な距離に入った事を意味する。

このため、夜明け前にまず百式司偵に率いられた仏印の飛行第一三戦隊の隼一八機が、船団の上空護衛に入った。

隼は三時間上空をカバーすると、次の編隊に交代するシフトを敷いており、艦隊上空は昼間の間は援護の傘が覆う事になった。

この状況で午前一一時一三分、イギリスの偵察機が日本の輸送船団に接触をしてきた。

英軍は昨日の連合艦隊の無線を傍受したことから、日本艦隊の大まかな位置を割り出し、推定到達海域を中心に偵察活動を行なっていたのだが、連合艦隊の速度が想定よりかなり速かったため、やはり速度を上げていた後続の輸送船団の方が網にかかったのである。

偵察に来たのは軽爆撃機ブレニムであったが、日本艦隊発見の通信を打った三分後に護衛の隼によって撃墜された。

この時点で英軍は、上陸船団主隊の位置は把握したわけだが、連合艦隊の戦艦部隊の位置までは摑めていない。

しかし日本側は、連合艦隊の位置も割れているという仮定のもとに作戦を遂行していった。

つまり、この時点でも山本長官は、あえて主力艦隊の無線を封鎖しなかったのである。

「新しい予測が出たら、即刻全部隊に通達しろ」

宇垣参謀長が部下に命じる。

先ほどの英軍機接触をさっそくＹＴ予測に組み込んだので、早ければ数時間以内に、新しい指針が算出されるはずだ。

ＹＴ計算機は、単純に起こるかもしれない可能性を弾き出す機械ではない。類推思考により、より人間的な曖昧《あいまい》さを取り入れる、人工知能の初歩段階にある。

ＹＴ研究班と第四研究所の最終目標は、質問に対し明確な回答を弾き出す、令和世界での生成ＡＩに相当する機能なのだが、これは正直、遠いゴールに思えた。

それでも人格に近い個性を機械に持たせることには、ある程度成功を収めつつある。

この根底にあるのは、文化の違いに根差した思考パターンの具現化であり、いかにも人間らしい考えを出力する下地が出来上がってきているのだ。

これには、研究員たちも手ごたえを感じていたわけである。

ここで得られる計算を比率化する段階に、この研究の成果と言おうか、ＹＴ予測全体の秘密が隠されていた。

つまり、画一的かつ合理的判断ではなく、英国人なら英国人のパーソナリティを加味した選択を優先させる事が、既に可能になっている。

だがこれだけだと、いわゆるその国の人間らしくない選択は予測の下位になるのだが、あえてそれを中程度に確率アップさせるという、恣意的操作をも、ＹＴ演算機は行なう。

これは令和のテクノロジーを解析していく上で感じた人工知能に対する欠点を、人為的に補正する手段として、第四研究所の田伏雪乃が考え出した方法であった。

これはどういう事かと言うと、軍事的選択には戦略的と戦術的なものの二種類が存在する。

前者に関しては、標準の予測を大きく外れる可能性は少ないと思われるが、戦術的なそれに関しては、意表を突くことに重きを置く場合も少なくない。

つまり、一般的な人種的、あるいは文化地域的傾向を示す思考パターンから外れた予測こそが正解になる可能性が高くなる、という理屈だ。

中国戦線で試験運用している段階では、ＹＴ予測で下位の予測行動を、国民党軍が取った例があった。この段階では、まだ雪乃の開発した思考分類が取り入れられていなかったせいだ。

これを組み込んで最初に計算したものが、先の真珠湾攻撃の基本シナリオだった。

実際にこの予測は役立った。


アメリカ人的思考に基くと、真珠湾に攻撃を仕掛けた際に空母が不在であった場合、これが近海にあっても安全のために退避させるというのが素の確率計算での高位予測であった。

だが、これが変則思考を加味した最終予測では、反撃のために日本艦隊を追跡するという予測が、中より少し高めの確率になった。

この予測に基づいて、蝙蝠部隊の帰還時に広範な索敵が行なわれた結果、エンタープライズの発見につながったわけである。

「副演算装置を、全部こいつの計算に回してください」

英軍機との遭遇情報を加味して再計算、という指示を受け、鷹岳は同僚たちに告げた。

「第二弾作戦に関する計算が途中ですが」

立科《たてしな》二等兵曹が言ったが、鷹岳がすぐに言葉を返した。

「それ自体が変更になるから破棄していいよ。こいつの運用は、常に無駄になる時間が生まれる覚悟が必要があるからね」

入隊して一年半以上経っても、鷹岳の態度には軍人らしさが出てこない。まあ、ずっと研究に没頭しているのだから仕方あるまい。そのせいで、部下という立場の人間への接し方も妙に優しい。

この研究班に配属された面々も、最初はこの鷹岳の態度に戸惑ったが、今では皆これが彼流なのだと納得し、接している。

「冷房を優先して回してもらっているんだ。ガンガン計算機を回していこう」

鷹岳の右腕として彼と同じ帝大物理学教室から引き抜かれた湯浅《ゆあさ》という少尉が、ねじり鉢巻きを締めながら一同に言った。

「既に艦隊は戦場に入っているので、ここは全員で計算機に張り付いてください」

鷹岳の指示で、七人全員がそれぞれ予測計算を行なう副演算装置に張り付き、その算定版が自動で回転するのを補助した。

YT計算機は、無論、自動計算を行なえるのだが、いわゆるデジタルコンピューターではなく基本構造はアナログコンピューターのままであった。つまり演算は、回転式の算定版の高速回転で賄われる。

これによって導き出された数値を、筋道だった予測に組み立てるのが、この世界にまだ一台しか存在しない最終演算装置のデジタルコンピューターだ。

このデジタル部分こそがYT計算機の心臓なのだが、これは令和から送られてきたタブレットの心臓部と言うべき基盤そのものに依存した、かなりロースペックのコンピューターに過ぎない。

それはそうだろう。

令和の世界で普通に量販店で売っているタブレットなのだから、スーパーコンピューター並みのスペックは逆立ちしても出せない。

それでもYT予測が精度を高めているのは、この予測専門に振り切った設計のおかげで、余分な計算をオミットしているからだ。

現在、心臓部の基盤は、副演算装置で出てきた予測を再計算するだけで、その他の機能はまったく使っていない。

これが汎用コンピューターとしてマルチタスクをさせたら、とっくにCPUはギブアップしているだろう。

現在のこの最終演算装置の仕様は、集まった予測の整理と優先度をファジー計算し、なおかつパーソナリティー脚色を加え再整理するという、専用設計に振り切られている。

最終演算装置基盤の余分な仕事と言えば、時間を数えるくらいしかやっていない。

実は、第四研究所で急いで開発が進んでいるデジタルコンピューターは、YT予測ではなく軍艦のトータルコントロール装置としての将来を期待される代物であったが、副次的にはYT予測の主機の代替としても期待されている。

これには膨大な予算が必要なのだが、大本営はこの予算をすんなりと国庫から拠出することを決した。海軍だけでなく、大本営全体がYT予測の重要性を認識しつつある証左である。

既に海軍の中には、信仰にも似た気分でYT装置を崇める者が出ているが、将来的にこの勢力が拡大するやもしれないと思われた。

その戦争を左右すると思われる計算機が、今、最前線でその真価を発揮しようとしていた。

最大速度で回された計算機は、午後一二時過ぎに幾つかの予測を叩きだした。

藤代中佐の手で連合艦隊司令部にもたらされた報告は、直ちに新たな命令と言う形で全部隊に下達された。自分たちの正確な位置が露呈しても委細構わない状況だ、という山本の判断で、電文はすべて平文で打たれた。

「さあ、始めよう。敵の炙り出しを」

速度を上げたまま進撃する大和の艦橋で、山本長官は海原を睨んで顎を引き締めた。

YT予測では、敵との激突はもう目前に迫っていた。

2

この時点での日英両軍の位置関係を見てみよう。

まずバンダ海峡から反転し、シンガポールに向かったプリンスオブウェールズ以下の東洋艦隊主力は、マラッカ海峡出口付近にあるリンガ泊地でインド洋からの艦隊と合流を目指していた。

ここは環礁になっており、大型船が安全に停泊できるため狭い海峡が混みあう時は、各種船舶の待避所にもなっていたが、現在は英軍の補給基地として機能している。

距離的と言うより速度の問題で、戦艦部隊はここに先に到達していた。

マラッカ海峡は水道部が狭く暗礁もあり、船は一定以下の速度でしか進めないのだ。インド洋からの空母部隊はYT予測通り、ここを通過中だった。

そのインド洋からの空母部隊が最終的に南シナ海に到達するのは、翌日の午前と目されていた。合流後序列を決め出航し、一気に輸送船団に向かうというのが、英艦隊を率いるトマス・フィリップ提督の作戦なのであった。

そのフィリップ中将は、現在プリンスオブウェールズの艦上にあった。

突撃から激突までは、概ね二四時間程度と最初英軍は考えていた。

つまり当初の予定では、英軍は一二月二七日を期して日本艦隊に決戦を挑もうと構えていたのだ。

これには理由がある。

英軍の情報部が、日本軍の上陸予定日が二七日であることを突き止めていたのだ。

残念ながら日本はこの情報が漏れたことを知らなかったが、結果から言えば、知られていようがいまいが関係ないという状況になった。

輸送船団の正確な位置が露呈したのだから、上陸予想日が発見の翌日以降であることは簡単に推理できるし、この規模の船団が上陸作業を展開するには、事前に相応の時間が必要なのは間違いなく、ほぼ確実に二七日の上陸は揺るがないと思われた。

これに対して日本軍が取った手は、上陸船団のかなり前方まで戦艦部隊を前進させるという戦法であった。

見方によっては、捨て身の戦法と思える。何しろこの時点では、連合艦隊の上空援護は皆無なのだから。

しかし、それはすべて計算し尽くされた戦法なのであった。

ＹＴ予測では、英軍の基地航空隊は上陸船団攻撃に殺到すると踏んでいた。

連合艦隊主力の位置が露呈しても、いや露呈したからこそ、彼らは戦艦での決戦を挑んでくる。人工頭脳はそう予測してきた。

そして輸送船団の漸減《ぜんげん》に、初撃として航空攻撃で対応する。そうも予想されていた。

この予想は見事に的中することになった。

まず上陸船団への空襲という形で、それが立証された。

二六日午後一時二〇分、船団の上空警護にあたっていた飛行第二四戦隊の一群が、英軍の爆撃機編隊を確認した。

戦闘機隊はすかさず迎撃戦闘を開始した。

護衛の隼は二一機、襲い掛かってきたのは、まずブレニムの編隊一二機。しかし戦闘に入る直前、戦隊長の梼原《ゆすはら》少佐は後方に別の双発機編隊が居るのを確認、部隊のおよそ半数を、そちらに指向させた。

この時船団の上空には二時間前から、蝙蝠部隊の一式陸偵が貼りついていた。

高度八〇〇〇という高みから状況を見た蝙蝠部隊の公原《きみはら》中尉は、後から現れた双発機の正体を見抜いた。

「機影からするとボーフォートだな。雷撃機か。危険度はこちらの方が高い」

確かに向かってきたのはブリストル・ボーフォート。英軍の双発雷撃機である。機数は一四機、決して多くはないが足の遅い輸送船団にとって、航空雷撃は脅威だ。

護衛の方が数的に劣勢だが、速度で勝り機動力の高い隼は、瞬く間に敵機を追い込んでいく。

「やはり護衛戦闘機は居ないな」

戦闘の様子を上空遥かから俯瞰しつつ、公原が言った。

イギリス軍の航続距離の短い戦闘機でも、既に護衛が可能な程度まで船団は接近していると日本側は考えていたのだが、周囲に単座戦闘機の姿は見えなかった。

また、長距離が飛行可能な双発戦闘機の姿も見えない。

「ドイツとの本土防空潜で猛威を振るったスピットファイアも、シンガポールに配備されたと掴んでいるが、まだ偵察でも一度もお目にかかっていない。英軍にとっては、かなりの虎の子なのだろう」

これまでシンガポールの上空偵察では、英軍はハリケーン戦闘機での迎撃を行なうだけであったが、既に英空軍は二〇機近いスピットファイア戦闘機をシンガポールに派遣済みだった。

開戦後急速に航空戦力を強化した英空軍は、この決戦開始までに双発爆撃機ブレニムを三〇機、双発雷撃機ボーフォートを二四機、ウェリントン双発爆撃機一〇機、複葉のグラジエーター戦闘機を三八機、ハリケーン戦闘機を二八機、スピットファイア戦闘機が一九機、双発重戦闘機のボーファイター一二機、さらに海軍がシーハリケーン九機とソードフィッシュ複葉雷撃機一二機を、シンガポールに展開していた。

さらにマレー方面にもグラジエーター一八機とハンプデン双発爆撃機一二機が配備されている。

戦闘機の数はかなり多いが、ほぼ半数が旧式の複葉機と格闘戦闘に弱い重戦闘機であるから、日本側は大きな脅威とは感じていない。

実際、これまでの偵察活動でも英軍機によって撃墜された機体は出ていない。

輸送船団手前での最初の空中戦は、三〇分足らずで決着した。

無論、日本の完勝であった。ボーフォートの編隊は船団への接近を諦め魚雷を投棄、六機が撃墜された。ブレニムも四機が撃墜。

だが、二機のブレニムが戦闘機の攻撃をかわして爆撃に成功していた。

このうち一機の放った二〇〇ポンド爆弾が、輸送船三浦丸《みうらまる》の船首部分に命中、戦死者一二名、負傷者二二名を出した。

もう一機の投弾も、別の輸送船十和田丸《とわだまる》に至近弾となり、破片で三名の負傷者が出た。

こういった被害も、実はある程度YT予測で計上されている。

この戦闘でも丸一日航空攻撃にさらされれば、最大限四隻の輸送船が沈むという予測結果が出ている。

沈没被害はまだ出ていなかったが、攻撃は始まったばかりであり予断を許さなかった。

午後二時過ぎ、上空援護にレドからの一三戦隊の隼一二機が入り、さらに空母龍驤の九六式艦戦一二機が加わったので、サイゴンからの二四戦隊は引き揚げた。

迎撃戦闘を行なった戦闘機隊の被害は軽微、旋回機銃による被弾が数機に認められたが、幸いにも大事には至っていない。

隼は航続距離や空戦性能で、海軍の零戦に迫る性能を誇っているが、火力が非力で機首の七ミリ機銃二門だけが主武装であった。

これは同時に、上空援護に入った海軍の九六式艦戦も同じで、同じく武装は機首の七ミリ機銃二門のみだ。

しかし、既に多くの実戦を経験している日本の陸海軍パイロットは、重武装の英軍機相手にも互角の戦闘を繰り広げることになる。

午後二時二五分、再度の敵襲撃を、外縁に居た護衛駆逐艦の霞《かすみ》が確認。

襲来した敵機は、ウェリントン爆撃機一〇機に護衛のボーファイター九機であった。

ボーファイターは、雷撃機のボーフォートから派生した重戦闘機で、英本土防空戦では主に夜間戦闘機として活躍したが、航続距離が比較的長いことから爆撃機の護衛としても利用された。

双発で鈍重とはいえ、その重武装は日本軍には脅威であった。

陸軍機部隊は、二機以上が一組になりボーファイターの死角である背面からの攻撃に専念した。

これを横目に、海軍機は爆撃機の編隊に肉薄する。

背面に旋回機銃を持つウェリントン爆撃機に対し、海軍の戦闘機パイロット達は下からの突き上げ攻撃を仕掛けた。

これはかなり効果的に命中弾を与えたが、なかなか撃墜には至らなかった。

やはり大型機への攻撃に、七ミリ機銃だけの火力は非力のようだ。

このウェリントンの部隊は、日本との開戦の報に急遽、中東から派遣された部隊で、現在イギリス東洋方面部隊で最も航続距離と搭載能力の高い爆撃機となっていた。

しかし、既に現役となって五年が経過した機体は、旧式化が進んでいる。

執拗な九六式艦戦の攻撃で、輸送船団の上空に到達する前に、ついに一機が火を噴き高度を落とした。

　そう手応えを感じたパイロット達は、畳み込むように攻撃を仕掛けたが、そこに若干の驕《おご》りがあったようだ。

　一機の九六式艦戦が、狙った機体の前を進んでいた機体の後部機銃の掃射で火を噴いた。

　パイロットはすぐに脱出し、空に落下傘が開いた。

　しかし、爆撃機に戦闘機が叩かれたという現実は、空を見上げていた上陸船団と護衛の南遣艦隊の兵員たちに失望感を与えたようだ。

「くそ、蛇の目野郎め」

　少なくない兵士が奥歯を噛みしめたが、戦闘機パイロット達はめげなかった。

　なかなか火を噴かない大型機に、彼等は戦法を変えた。

　死角からの攻撃はそのままに、その的をコックピット付近に絞ったのだ。

　パイロットを含む操縦系に狙いを絞られたことで、四分間に二機が機首を下げ、墜落状態に陥った。

　だが、この時点で残りの七機は、上陸船団の外縁に到達していた。

　次々と爆弾倉を開く爆撃機に、上陸船団の甲板から対空砲火が放たれる。

　この段階で戦闘機隊は一度退避し、艦載砲の攻撃にすべてを委ねることになる。

　この日ウェリントンの編隊は、五〇〇ポンドの爆弾を中心に爆装してきていた。このため携行した爆弾の数自体は、一機あたり六発と少ない。しかし、合計四二個の爆弾が船団にばらまかれたわけで、すべての船がこの弾幕を躱《かわ》せたわけではなかった。

命中弾が五発、三隻の輸送船に対して出た。

そのうちの三発が一隻のそれに集中していた。

この集中の結果、輸送船第三浅間丸《あさままる》が轟沈した。

第三浅間丸は輜重《しちょう》中隊の兵士およそ一個中隊とトラックなどの車両を搭載していたが、命中弾のうちの一発が車両用に搭載していたガソリンのドラム缶群付近に命中、発生した火災がこれに引火爆発したために、文字通り木っ端微塵に吹き飛び、生存者はわずか一三名という大惨事を引き起こしたのである。

乗組員と兵員合わせて三六五名が、一瞬で戦死という悲劇である。

単一攻撃では、開戦以来最大の死傷者発生であった。

周囲の船にまで破片が飛び散り、船団の足並みも乱れた。

残る二発の命中弾を受けた船でも少なくない戦死傷者が出ており、陸軍兵士たちは一様に表情を青ざめさせていた。

だが、日本軍はこの爆撃を無為に許したわけではなかった。

爆撃を終え帰還コースに乗ろうとしたウェリントン隊は、再度の戦闘機の襲撃を受けた。

しかも、そこに一部の隼も加わっていた。

ボーファイター隊は、格闘戦闘に一方的に敗れていたのだ。

ウェリントン隊が爆撃を開始した時点までに、六機が撃墜されていた。

隼一機が敵に撃墜されてしまったが、まさに一方的な試合で、残った三機は爆撃機の護衛を放棄して遁走していた。

そこで隼隊の七機が、帰投コースに乗ろうといううウェリントンの編隊に、海軍機共々襲い掛かったわけである。

二〇機を超える戦闘機の波状攻撃にさらされ、旧式の双発爆撃機が無事でいられるはずがなかった。

一機また一機とウェリントンは火を噴き、あるいはきりもみ落下していき、最終的に二機だけがこの波状攻撃を脱して逃れた。

爆撃機が去ってから、直撃を受けた輸送船のうちの一隻、白馬丸《はくばまる》が主機不調となり海上に取り残された。

これを見て輸送船団を率いていた陸軍の第二五軍司令部の司令官山下《やました》中将は、海軍に対して搭載している人員の駆逐艦への移乗を打診した。

連絡を受けた南遣艦隊の小沢司令はこれを快諾、二隻の駆逐艦を、白馬丸に接舷させた。

白馬丸には歩兵一個大隊が乗り込んでいたが、五三〇名が二隻の駆逐艦に乗り移り、残った船は船員の手によって洋上修理が試みられた。

結局、白馬丸は上陸作戦に参加することなく丸一日漂流したのち、どうにか機関再始動に成功し、低速でブルネイに向かい寄港。ここで、本格修理の後に無事に日本に帰還することが出来た。

二回にわたる空襲を凌いだ上陸船団であったが、まだ危機が去ったわけではなかった。

船団とシンガポールの距離はさらに接近したこともあり、英軍は複葉のソードフィッシュ雷撃機の攻撃を決断していた。

今回は海軍機での攻撃という事で、護衛にシーハリケーン戦闘機を随行させることにした。

しかし、ソードフィッシュ雷撃機はその見た目に似合って旧式に過ぎ、飛行速度が極端に遅かった。

このため、護衛戦闘機はすぐに編隊を追い越してしまい、何度も大きく旋回しつつ歩調を合わせる必要が生じた。ソードフィッシュの巡航速度が遅すぎ、これに歩調を合わせていたらシーハリケーンは余計に燃料を消費しつつ、失速の危険と戦わねばならなくなるのだ。

だから最低限の経済速度を保ちつつ、大きな半径で旋回しては雷撃隊の上を航過するという、進撃態勢を取らねばならないのである。

これが結果的に、作戦に齟齬《そご》を生じさせた。

日本の船団を視界にとらえた時、ソードフィッシュ編隊は丸裸だったのだ。

日本側戦闘機がソードフィッシュの編隊を発見した段階でも、シーハリケーンはかなり離れた地点を飛んでいた。

護衛が護衛の役を成さぬまま、雷撃隊は日本の戦闘機の餌食となった。

午後四時一二分に始まった空戦で、ソードフィッシュの部隊は壊滅してしまった。

最後の一機が上空で空中分解した時、ようやく日本の戦闘機隊の視界にシーハリケーンの編隊が入ってきた。

その間、わずかに九分。

もし雷撃機の速度が一定以上に速かったら、戦闘機がずっと随伴できて、この悲劇は回避できたであろう。

シーハリケーン部隊は護衛対象がなくなったにもかかわらず、果敢に隼の群れに挑みかかった。

数的不利をものともせず、シーハリケーン隊は善戦し、四機の隼の撃墜に成功した。しかし、自らもまた四機を失い、互角の戦績を残し戦場を後にした。

空戦そのものでは隼の方が優位に見えたが、攻撃機会に恵まれた際の火力の差が戦績に現れたようだ。

シーハリケーンMk2bの機銃は、両翼に二挺の二〇ミリ機銃、つまり合計四挺を搭載しており、単純計算で隼の二倍、実際にはその威力で数倍の差のある強火力である。この弾幕に背から襲われた機の多くが、簡単に火を噴き犠牲となったわけである。

この状況は、空戦の行なわれた空域の上空から、蝙蝠部隊の一式陸偵によって俯瞰撮影されていた。

蝙蝠部隊の映像は単純にYT予測にだけ使われるのではなく、陸海軍の兵器開発にも利用される約束になっていたが、この時に撮影された空戦の状況が、陸軍の戦闘機開発に大きな影響を与える事になるのであった。

だが、それはまだ後の話……。

とにかく、からくも雷撃を免れた艦隊は更なる前進を続け、夕刻の段階で、第一上陸目標であるシンガポールの対岸付近まで二〇〇キロのラインを超えた。

もはや翌日の上陸を阻止するには、英軍としてはギリギリの位置。

当然ながら海軍は、空母との合流を待たずに戦艦部隊に急行を命じた。

この日の未明のうちに、プリンスオブウェールズとレパルスは四隻の駆逐艦を随行し、ルンガ泊地を抜錨していた。

空母フォーミダブルとハーミーズは、まだマラッカ海峡を三分の一ほど通過した付近にあり、戦艦部隊に航空支援を送るのは不可能な状況にあった。

一方、日本の連合艦隊は、ある意味上陸船団を置き去りにするかのように前進を続けており、何と日没を前にしたこの段階で、敵艦隊との距離を一五〇キロにまで詰めていた。

日本側は重巡戦隊から一段索敵で水上偵察機を前方に展開しており、敵発見の報告は時間の問題となっていた。

その緊張感の中、鷹岳少尉は山本長官に面会を求めていた。

「これは、事前に打診があった件を履行できるかの確認だな」

「はい」

山本の問われ鷹岳は頷いた。

「確かに敵艦隊との砲撃戦は目前に迫っている。代替させるなら、今から最大速度で連携の確認をしなければならん。正直、既存の算定盤を使用せずに砲撃を行なって、成果が上がるのかは未知数だが……」

山本が少し虚空を睨んでから答えた。

「いいだろう。賭けてみようじゃないか」

山本が言うと鷹岳は大きく頷いた。

「では、すぐに戦闘艦橋に向かいます」

「うむ、艦長には司令部経由で伝えるので、作業に専念してくれ」

鷹岳は長官室を出ると、そのまま艦橋に設置されたエレベーターに乗って戦闘艦橋に向かった。

艦内電話で山本から報告を受けた高柳艦長が、鷹岳を迎えた。

「すまんな、ぶっつけ本番だが、それは通常の算定盤を使っても大差のない話だ。貴様の提言を信じるなら、これはやってみる価値のある挑戦だ」

「ありがとうございます。ではすぐに作業を開始します」

そう告げると、鷹岳はすぐに射撃管制装置に近づき、管制盤の受話器をとった。

「主砲との同調調整を始めます」

相手はYT研究班の電算機室。鷹岳は、大和の主砲の管制を、YT予測機に預けよと提言したのだ。

そもそも大和の射撃算定盤は、言ってみればアナログコンピューターそのものだ。鷹岳の提言は、そのコンピューターでの計算を、さらに高速のYT予測機に変更するだけでなく、敵の予測到達地点への散布界まで計算し、主砲発射に繋げようというものであった。

「どうかな、鷹岳少尉」

一五分ほど作業が進んだ段階で、高柳が質問を発した。

「まもなく終了します。敵と遭遇する前に終えられそうでホッとしてます」

「まあ、規定案では第一撃は長門と陸奥に譲るという線であるから、我が艦は敵へのとどめという役割に徹するだろう。だから慌てず、確実に敵を捉えられればいい」

もうまもなくで日没という時間、大和では必死の接続作業が続いていたが、まさにその作業の最中に事態は大きく動いた。

「敵機襲来！」

全艦隊に警報が鳴り響いた。

兼ねて上陸船団より前方に戦艦部隊が居る事を無線傍受で摑んでいた英艦隊は、プリンスオブウェールズとレパルス各々から、ウォーラス水上偵察機を射出していた。

そのうちのレパルスの偵察機が、ついに連合艦隊上空に姿を現したのだ。

「対空射撃はじめ！」

艦隊は二〇時間ほど前から、全艦戦闘態勢での前進となっていたが、対空砲座のうちウォーラスを射程内に捕えた重巡愛宕《あたご》の一二・七センチ高角砲と駆逐艦二隻の両用砲が火を噴いた。

高角砲の爆発で、空に黒い煙の塊が幾つも出現する。

至近に見えても、砲弾の爆発は容易には機体に破片を見舞う事が出来ずにいた。

大和の戦闘艦橋から、それを遠望した鷹岳が呟いた。

「雪乃さんの研究が進み、早期に近接作動信管が出来上がらないと、やはり艦隊の防空は難しいのかもしれないな」

作業の手を止めずに鷹岳が呟くが、これはあの未来映像でマリアナの七面鳥撃ちと呼ばれた日本軍機の一方的敗北を見た人間として、当然の感想だろう。

この新しい時間軸で、アメリカ側の研究が令和の過去世界同様に開発が進むのかは謎だが、感覚として一九四四年には、アメリカはVT信管、つまり本家の近接作動信管の開発を成功させると鷹岳は思っていた。

実際のタイムテーブルはずれるのだが、アメリカは既にこの発明の研究に着手しようとしている。戦場に兵器として投入されるのは間違いない。出来たら、その前に戦争の大まかな帰趨《きすう》を決しておきたい。

鷹岳は強くそう思った。

ウォーラスはおよそ六分間、艦隊に接触したのちに退避した。

こちらの正確な位置が打電されたのは間違いない。

「進路どうします」

敵機接触の報告に、急ぎ艦橋に上がってきた山本長官に高柳が聞いた。

「このままでいい、敵の位置が判れば、そこへ最短距離で向かうまでだ」

すると、ウォーラスが去って三分後、重巡加古《かこ》から発進した九四式水上偵察機が、英艦隊発見の報告を送ってきた。

位置は西南西一二五キロの地点、両艦隊は予想以上に接近をしていた。

「敵艦隊に進路を向けろ」

山本の命令一下、全艦隊が進路を調整し、敵にその舳先を向けた。

宇垣が腕時計を睨んでいった。

「敵が逃げなければ、確実に夜戦になりますね」

すると山本は言った。

「逃げんさ。ジョンブルどもは、プリンスオブウェールズの性能に絶大な信頼を寄せている。正面から砲撃を挑んでくるに違いない」

この言葉に高柳も頷いた。

「長門と陸奥だけでは苦戦しそうだというのが、参謀たちの意見でしたね、彼等から見たら両艦は旧式艦になりますから」

すると宇垣がふんと鼻で笑った。

「それで言うなら最新鋭の戦艦は、この大和に他ならない。キングジョージ級恐れるに足らずだ」

「そうだな、それに新鋭艦は一隻のみで同行のレパルスは旧型の巡用戦艦、防御面で不安を抱えているはずだ。この海戦、可能ならば一方的な勝ちで乗り切りたい」

山本の言葉に、戦闘艦橋に居る一同が同意の頷きを見せた。

「まだ、我々にはその先がありますからね」

宇垣の言う通り、連合艦隊は敵戦艦部隊とその後ろに居る空母部隊、その双方を打倒しなければならないのであった

3

プリンスオブウェールズの艦橋では、英東洋艦隊司令官のフィリップ中将が、ジョン・リーチ艦長と海図を挟んで作戦案を協議していた。

海図の周りには三人の参謀も揃っている。

「敵を攻撃圏内に捉えられるのは四時間後ですね」

スナイプス参謀中佐が、計算尺を使いながら言った。

「今から警戒を厳にしよう」

フィリップがすぐに僚艦にも指示するよう手配した。

レパルスではテナント艦長が旗艦からの指示で警戒を高めさせたが、同時に対空レーダーでの監視を強化するように命じた。

「日本軍は夜間爆撃を行なう可能性がある。旗艦にも具申しろ」

テナントは事前に、日本海軍のここまでの動きを分析し、航空兵力の運用に絶大な自信を持っていると感じていた。

技量の高い航空隊を有する以上、これを最大限に利用すると踏んでいた。

そこで、夜間の空からの襲撃を警戒したわけである。

だが、これは杞憂に終わる。

日本は頑なに、長距離攻撃の可能な陸攻隊の出撃を控え続けている。

どうやら、その裏には何かがありそうだが、現状ではまだそれが何であるのかは窺い知れない。

「とにかく決戦は今夜だ。これだけは揺るぐまい」

四隻の駆逐艦にエスコートされたプリンスオブウェールズとレパルスは、白波を蹴立てシンガポールの北東海上を目指す。

この艦隊に向け、日本の戦艦部隊も一気に距離を詰めていく。

先頭を行くのは、護衛の巡洋艦部隊と駆逐隊、彼等の役目は第一に戦艦に随伴した敵駆逐艦を淘汰する事。

艦隊決戦で侮れないのが、駆逐艦の存在であった。

主砲は豆鉄砲でも、大型艦を沈められる魚雷を装備している。これを射程圏内に入れてはならない。

通常、この敵駆逐艦を相手にするのは、巡洋艦の務めである。


連合艦隊でも随行する六隻の重巡と二隻の軽巡が、山形の陣形で敵を真っ先に捉えるべく進撃している。

この後方に、主力の五隻の戦艦が続く。

巡洋艦と駆逐艦隊とは逆の谷型の陣形で、中央に大和、その左右に陸奥と長門、外翼に伊勢と日向が陣取っている。

それぞれの艦は概ね二〇〇メートルの間隔で並んでいるが、前後差は艦の全長二つ分ほどの開き、つまり四〇〇メートルは離れているから、かなりV字は深いと言えよう。

かなり密集していると言えるが、これはそれぞれの主砲弾を密集させる戦術のためだ。

殿《しんがり》の位置を進む大和では、既に砲戦に向けての準備が進められていた。

「観測機を上げるべきです」

そう進言するのは黒島であった。

「夜間だからこそ、効果を発揮する可能性がありますす」

「うむ、一考の余地があるな。高柳はどう思う」

山本の問われ艦長が頷いた。

「異論はありません。零式観測機を射出しましょう」

二〇分後、大和の後部カタパルトから複葉の零式観測機がカタパルトで撃ち出された。

観測機は直ちに敵艦隊の方向に向かったが、この機体はわずか三〇分後には英軍のプリンスオブウェールズとレパルス、それぞれのＭｋ22型レーダーにはっきりと捉えられた。

「攻撃機ではないな。単独か」

フィリップ提督が怪訝そうに言った。

「夜間偵察機でしょう。敵はまだレーダーを装備しておらんはずです」

その通りだった。この段階では、まだ日本のレーダーは実用の域に達していなかった。

ただ、既に試作品が完成し、国内で実用実験を開始しようとしている。艦隊に配備されるのも時間の問題だろう。

その英軍に捉えられた零式観測機では、最新式の無線機を通じ、大和との交信が確保されていた。

「敵は灯火管制を敷いている模様ですが、例の新兵器のおかげでしっかり確認できます。現在水平線上に六隻の艦影を確認しています」

報告を送るのは、零式観測機の偵察員大藪《おおやぶ》一飛曹であった。

彼は機体に据えられた、ある装置を覗き込んでいた。

それは令和からもたらされた技術によって作り

上げられた、赤外線暗視装置であった。

真空管式のこの暗視装置は、比較的容易に開発が可能で、かつ量産も容易であったことから既にかなりの数が陸海軍に配備されている。

この装置は、はっきり言って他の国の技術水準より上をいっている。ドイツでは現在、赤外線式の照準器が開発中だが、これも実用化には二、三年の時間が必要であった。

英側は艦隊の灯火を消したことで、発見は困難であろうと高をくくっていたが、実際にはその放熱によって距離五〇キロを隔てて視認を許していたのだ。

「敵の対空砲火を警戒し、これ以上の接近は控えます」

大藪の報告に連合艦隊は、さらに戦闘準備の段階を進めた。

敵との距離は既に一〇〇キロを切っており、激突までは時間の問題だった。

そして、この距離で英艦隊のレーダーは日本の艦隊の陣容を捉えた。

「多いな、戦艦だけで五隻か」

フィリップが難しそうな顔をした。

「敵を壊滅させるのは難しそうですが」

リーチ艦長が不安そうに言ったが、フィリップは首を振る。

「ここは痛撃を加え、一時的に後退させる戦術でいくしかない。おそらく戦艦の一隻でも沈めれば、敵は浮足立つだろう」

「やはり、空母部隊に輸送船団を叩かせるのが主目的で、敵壊滅は無理に推し進めるべきではないということですな」

リーチの言葉にフィリップは頷いた。

「その通りだ。あえて前進したのも、我らの任務が敵の出鼻をくじくことだからだ」

すべての灯火を消し暗夜を進む艦隊は、最初から敵への一撃にすべてを賭けての突撃を続けた。

一方、日本側は、敵に視認されるのを承知で舷外灯をつけたまま航行をしている。相応に密集隊形なので、衝突防止のためだ。

敵との距離は、おおよその中間地点を飛行する観測機からの連絡で詳細に摑んでいる。

「第一撃は長門に任せる。距離三五〇〇〇で砲戦開始だ」

宇垣の指示が、すぐに斜め前方を進む戦艦長門に送られる。

観測機からの報告は無論、長門でも傍受されている。

じりじりと彼我の距離は詰まり、戦闘に備える水兵たちの緊張もピークを迎えようとしていた。

「主砲装塡、大距離砲戦用意」

戦艦長門の艦上に、艦長矢野《やの》大佐の命令が響く。

現在敵との距離は五〇〇〇〇メートルを切ったところだった。

長門の主砲である四〇センチ連装砲に、砲弾と薬袋が装塡される。

同じ頃、英軍側も砲戦の準備が進んでいた。

「距離三六〇〇〇での砲戦開始を指示しろ」

フィリップスが命令を出す。

この瞬間、開戦の火蓋は英側が先に切ることが確定した。

プリンスオブウェールズの三六センチ砲は、三七〇〇〇メートル以上の最大射程を持つ。これはレパルスの三八センチ砲とほぼ同じで、両艦は砲撃で足並みを揃える事が可能だ。

夜間の最大距離に近い砲戦は、相手の姿をまず視認できない。だが英軍はレーダーによる射撃を試みようとしていた。

敵艦隊の位置はしっかりレーダーのモニターに映されており、それをもとに照準をするだけである。プリンスオブウェールズとレパルスは、その照準をまず前衛として突進してくる巡洋艦部隊の先頭に居る青葉《あおば》に合わせた。

午後一〇時四六分、ついに両艦隊は、砲撃の射程距離に相互を捉えた。

しかしまだ砲撃は行なわれず、数分の前進が続けられ、やがてその沈黙が破れた。

「前部主砲、同時発射」

フィリップの命令で、プリンスオブウェールズの六門の前部主砲と、レパルスの四門の前部主砲が火を噴いた。

「敵発砲！」

零式観測機の偵察員席から大藪が叫ぶ。

この通信は連合艦隊の各艦の艦橋に、音声のまま流された。

「先手を打ってきたか」

山本が眉根を寄せて呟いた。

敵がレーダーに頼った攻撃を仕掛けてくる可能性は、ＹＴ予測によって示唆されていた。

しかし、この距離で攻撃を仕掛けられると判っていても、悔しさが滲む。

真っ赤な色をした砲弾が宙を飛ぶ。

飛翔時間およそ一分、落下軌道に入った一〇発の砲弾は、重巡青葉の周囲に次々と落下した。

「命中はないな……」

上空の大藪が、おおまかな着弾位置を把握して安堵の息を吐く。

「さあ、こっちの番だ。敵の正確な位置と進路を報告だ」

零式観測機の操縦士相馬《そうま》一飛曹が、大藪に言った。

すぐに大藪が暗視装置を使って、敵の測定位置を報告し始める。

これを聞いて長門では、砲術長が射撃盤に細かい数値を入力する。すると、主砲の仰角や方位が細かく設定され、前部の二門の主砲が動く。

同じように僚艦の陸奥でも、主砲の準備が進む。

「長門、前方砲戦開始。主砲撃て！」

矢野大佐の命令一下、砲術長が主砲の発射トリガーを引く。

大仰角の四〇センチ砲から、四発の砲弾が宙に舞う。

「陸奥、砲撃開始。一番二番撃て！」

陸奥の小暮《こぐれ》艦長の命令が響き、長門に一〇秒ほど遅れて砲撃音が轟いた。

二群に割れた四〇センチ砲弾が虚空を駆ける。

長門と陸奥の照準は、共にやや前方を進むレパルスに合わせてあった。

まず長門の砲弾が、レパルスのやや後方に落下した。

「近弾一、およそ七〇後方！」

暗視装置の視界に白い水柱が浮かぶ。その位置を確認して、大藪が無線に吼えた。

続いて陸奥の砲撃が、今度はレパルスの前方に立て続けに落下した。

「第二撃、遠弾」

陸奥の攻撃はどれも三〇〇メートル以上離れた地点に落下してしまっていた。

航行速度が速いため、照準は非常に難しいものになっていたのだ。

すぐに長門と陸奥では修正が行なわれるが、その間にレパルスとプリンスオブウェールズでも、第二斉射に向け動きが急になる。

「目標を変える。中央に陣取る戦艦に照準を合わせろ」

レーダー室から敵の状況を確認したプリンスオブウェールズのリーチ艦長が、砲術長に伝えた。

この時、レパルスはまだ青葉に照準を合わせたままなので、二艦の攻撃の矛先は割れた。

ここからは二艦それぞれの判断とタイミングで攻撃が開始されることになった。プリンスオブウェールズとレパルスでは、微妙に装塡に要する時間が違い、プリンスオブウェールズの方が射撃の回転が速いのだ。

「撃て！」

急ぎ照準を大和に合わせたプリンスオブウェールズの第二斉射が発射された。

六発の砲弾が、連合艦隊司令部の座乗する大和に迫る。

しかし、これはいずれも遠弾に終わった。

だが、狙われた大和の乗員たちは、かなり肝を冷やしている。

「あれが当たっても沈むことはないだろうが、無傷で済むはずもない。くわばらくわばら」

甲板で敵の砲撃で上がった水柱を目撃した水平の一人が、肩をすくませながら言った。

これは多くの乗員が感じた正直な感想だろう。三六センチ砲の命中ごときで、大和が沈むはずはない。理論的に、それはあってはならない事でもあった。

敵の一方的な攻撃に、高柳艦長も黙ってはいなかった。

「大和、応戦開始する。ＹＴ予測機との連携、再確認」

この号令で砲術長は、射撃盤の入力を入力からＹＴ予測機の自動射撃へと切り替えた。

砲術長の横では、鷹岳が測距儀から寄せられる敵の位置を入力用のデバイスを使って、予測機に送り込んでいく。

数値が入り切ると、予測機は射撃盤を操り、砲塔を動かす。

前部の六門の四六センチ砲が、大仰角に首を持ち上げた。

「撃て」

自動と言っても、射撃自体は砲術長の手に委ねられる。ＹＴ予測機の仕事は、敵に対する照準と砲塔の管制までである。

四六センチの巨砲が、南シナ海に吼えた。

凄まじい砲炎が、闇の中に味方戦艦の姿をくっきり浮かび上がらせる。

四〇キロ以上の射程を誇る大和の主砲弾は、余裕ある放物線軌道で敵艦へと迫った。

目標はプリンスオブウェールズ。

第一斉射は、一発の近弾。残りは遠い位置への落下。

だが、この一斉射が敵の度肝を抜いた。

「何だ、この巨大な水柱は！」

艦の右手五〇メートル付近に落下した四六センチ砲弾は、プリンスオブウェールズの艦橋上部に匹敵するほどの巨大な水柱を作り出した。

これまで、これほどの巨大な着弾を英海軍の人間は誰一人見たことが無かった。

「四〇センチの比ではない。どんな巨大な砲を積んでいるのだ、あの戦艦は！」

これが、世界が初めて四六センチ砲の存在を認識した瞬間だった。

これまで欧米各国は諜報戦によって、日本が新型戦艦三隻の建造に着工したことを掴み、その一番艦がこの年末に竣工することまでは突き止めていた。

だが、その正確な性能や装備についてはまったく謎でいた。

今そのベールを破り、大和は敵に向けて巨砲を放つ。

「敵が進路を変えます。右五〇度方向に転進」

零式観測機から報告が入る。

「敵は左砲戦に持ち込むつもりか。各艦同航戦に持ち込め」

山本長官の指示が飛ぶ。

英艦隊は一斉に主舵を切った。これは、数的不利な状況で最大火力を発揮するために、艦を横に向け、主砲全門での攻撃に切り替えたのだ。

日本の戦艦部隊も、一斉に取り舵を切る。これで同じ方向に平行に進む……いや、実際には斜向しており、距離は次第に縮まるコースで、砲撃戦は継続することになった。

この回頭の間も砲撃は続けられたが、双方ともここまで有効弾を与えられずにいた。

三〇キロ以上を隔てているのだ、全長が二〇〇メートル以上あるとはいえ、海に浮かんだ小さな的に砲弾を命中させるのがいかに困難か、戦況がこれを物語っていた。

英側がここまで、プリンスオブウェールズが六斉射、レパルスが五斉射。日本側は、長門と陸奥が共に五斉射、大和が四斉射していた。

伊勢と日向はまだ主砲を撃っていないが、転舵をした時点で両艦も敵を射程内に捉えていた。

そこで同航戦になるや、伊勢と日向も相次いで主砲を発射し始めた。

三六センチ砲を一二門装備する両艦の火力は、決して侮れないものであった。二四門の主砲が加わったことで、敵を襲う砲弾の数は一気に二倍に迫った事になる。

しかも、そのうちの九門は、一撃で敵戦艦撃破が見込まれる四六センチ砲なのだ。

イギリス側はかなりの焦りを感じ始めていた。

これが昼間の砲戦であったら、もっと精度の高い砲撃が出来たはずだ。しかし、暗夜の砲戦は有効な照準が出来ず、悪戯に砲撃の数だけが増えている。このままじりじりと距離を詰めていったら、間違いなく自分たちが不利になる。

「駆逐艦隊に突撃を命じろ」

フィリップが決断を下し、随行する四隻の駆逐艦に、敵艦隊への肉薄を命じた。

しかしこの時、日本側も英駆逐艦の動きを察知し、巡洋艦隊と駆逐隊に前進が指示されていた。

互いの右舷と左舷を見据えて進む艦隊は、その中間地点を目指し、小型艦艇が突出する。

普通に考えると、数的に劣勢な英艦の突撃は無謀に思える。しかし、状況を考えると、あながち悪い選択とは言えない。

何より海戦が夜戦であったことが、英軍には味方をしている。

高速で動く駆逐艦は、巡洋艦と言えども対応が難しく捕捉に難儀するのに、夜間で視界が悪いとなればなおさらだ。

英駆逐艦はばらばらに攻撃進路を選択しており、これも迎え撃つ日本側には、業を煮やす状況となった。

もし乱戦になって護衛隊の隙間を抜かれ、戦艦に対し雷撃でも加えられたら目もあてられない。

巡洋艦隊を率いる第六戦隊の五藤《ごとう》司令は、咄嗟に各巡洋艦にマークすべき敵艦を割り振るという機転を利かせ、連絡を回させた。

この判断が功を奏し、英駆逐艦はそれぞれの進路を日本の重巡に塞がれ、その主砲で狙い撃ちをされる状況に陥った。

この様子を、夜間用の大型望遠鏡で望見した宇垣が言った。

「駆逐艦は五藤に任せておけばいいな。何とか三斉射程度で敵を圧倒したいな」

連合艦隊の宇垣参謀長は砲術出身である。先ほどからの砲撃戦をじりじりした思いで見守っていたが、さすがに双方ともここまで有効弾が出ないと、苛立ちも頂点に達しているようだ。

敵と同航戦になった事で、照準を仕切り直していた鷹岳が言った。

「砲術長、今までと違う予測を入れます」

「何を変えるんだ?」

砲術長に聞かれ鷹岳は答えた。

「敵の未来到達地点を出力させるんですよ」

「そりゃ今でもやってるだろ」

だが鷹岳は首を振った。

「それは予測地点です。今から弾き出すのは、間違いなくそこに敵が到達する確定地点です」

艦砲の照準は、敵までの距離や風向風速に敵の速度などを計算して行なう。これはつまり、数十秒から時に一分はかかる滞空時間で、敵の位置が変わるため、これを予測して撃ち出すわけだ。

だが当然、敵艦はまっすぐ進むとは限らない。

現に、ここまで命中はおろか至近弾も出ていないのは、敵の操舵が巧みだからだ。

しかし、鷹岳が言っているのは、この操舵までも読み切ってみせるという話だ。

「そんなのが、ずばり可能なのか？」

「やってみせます」

鷹岳が自信満々に答えた。

実は大和の射撃をＹＴ予測機に任せたのは、この敵の未来位置を読み切らせるためでもあったのだ。

鷹岳は、ここまでの砲撃での結果を、ＹＴ予測機に打ち込み続けていた。つまり敵の回避パターンを入力してきていたのだ。

サンプルとして十分な量ではないが、一定の感覚を掴めたという手ごたえがあったので、鷹岳はその入力してきた値による補正を、射撃管制にフィードバックさせるようというのだ。

「よし、頼んだ」

砲術長の許可を得て、鷹岳は射撃照準を機械に行なわせた。

同航戦であるから三基の主砲塔を制御するわけだが、三基はそれぞれ微妙に違う照準を行なった。これはつまり、敵の未来位置として三パターンが算出されたことを意味している。

照準が定まるや、砲術長は直ちに主砲九門を同時発射させた。

これとほぼ同時に、プリンスオブウェールズも大和に向け、一二門の主砲を一斉に発射した。

大和もプリンスオブウェールズも、主砲発射と同時に舵を切った。敵弾の回避行動である。

砲弾の射速は、わずかにプリンスオブウェールズの三六センチ砲の方が速い。装薬量は当然、大和の四六センチ砲の方が多いのだが、弾頭が桁違いに重い上に、前影投影面積も大きいので抵抗が大きく、初速が高くとも失速も大きいのだ。

大和の転舵は、見事に敵の裏をかいた。プリンスオブウェールズの斉射は左遠弾となった。

一方、大和の砲撃は……

それはプリンスオブウェールズとフィリップ提督にとっての災厄の日。その幕切れとなった。

三か所に分かれ集弾した砲弾の中で、第二砲塔から放たれた三発、そのうち二発が直撃し、一発は至近弾となった。

一発は艦橋の直下に、もう一発は煙突基部に命中したのだが、四六センチ砲弾は四〇センチ砲弾の直撃にも耐える設計の垂直装甲《バーベット》を容易く破り、艦内奥深くで大爆発した。

この結果、機関部で誘爆が発生し、命中からわずか一五秒後に、艦すべてを巻き込む大爆発を起こし文字通り爆沈した。

零式観測機の偵察員席で、大藪が絶叫した。

「キングジョージ級、轟沈！」

高さ一〇〇〇メートル付近まで爆煙は吹きあがった。

夜の闇の中、破片を散らし爆散した戦艦の姿は、三〇キロを隔てた日本艦隊からもよく見えた。

当然、至近を航行していた英艦からも。

「なんということだ！」

レパルスの乗員たちは驚愕の目で、世界最大級の花火と化した僚艦を見つめた。

数多くの部品が宙を舞ったが、およそ一キロ離れていたレパルスの艦上にまで、その破片の一部は降り注いだ。

レパルスの艦首付近に落下し、甲板に大きな傷をつけたのは、イギリスが誇る対空火器ポンポン砲の砲身の一部であった。

「フィリップ閣下……」

レパルスのテナント艦長が両の拳を握りしめ、まだ爆発の残照が残る海面を見つめた。

暗闇の南シナ海に、もはやプリンスオブウェールズの姿はなかった。

一瞬の出来事と言っても差し支えないほどの大きな爆発で沈んだプリンスオブウェールズでは、生存者の見込みは薄かった。

海面には漏れた油が燃え広がっていたが、そこには爆発によって宙に放り出された水兵たちの死骸が無数に浮かんでいるばかりであった。

たとえ生存者が居ても、戦闘はまだ継続中だ。救助など出来るはずもなかった。

敵艦を一撃轟沈したことで、大和の艦橋は喝采に湧いていたが、そこに山本長官がビシッと大声を上げた。

「気を抜くな、まだレパルスが残っておる！」

そう、まだ戦闘は継続しているのであった。

レパルスの緊張した艦内に声が響く。

「艦長どうしましょう。転舵しますか？」

副長の問いにテナントは逡巡した。

このまま戦闘を継続するか退避するか、間違いなく今が選択の瞬間だった。

「継戦だ。一隻でも血祭りに上げねば、ここは引けない」

テナントは、それが地獄への道だと判っていても戦闘を続ける道を選んだ。

「敵リナウン級、転舵しません」

上空から冷静に状況を確認し、大藪が艦隊に告げた。

こうして、夜戦は次の局面を迎えるのであった。

この時、他の状況はどうなっていたのかと言うと、意外にも英駆逐艦隊は比較的善戦していた。

しかし、それもついに追い詰められようとしていた。

いつの間にか、周囲に日本の駆逐艦部隊が接近していたのだ。

巡洋艦に気を取られ、その存在に気づかなかったという事である。

彼我の距離はわずか四〇〇〇メートルにまで迫り、両部隊間で激しい砲撃戦が展開されることになった。

一二センチクラスの砲は、発射速度が速い。装塡手が容易に次弾を込められるからだ。

砲炎が絶え間なく海面を照らす状況となり、ついに均衡が破れた。

豪海軍所属の駆逐艦ヴァンパイアに、立て続けに二発命中弾が出た。

後部甲板が炎上し始めた同艦は、徐々に速度を落とし、ここに日本の駆逐艦吹雪《ふぶき》と初雪《はつゆき》が集中砲火を浴びせた。

再び二発が命中、ヴァンパイアの火災は艦橋付近まで広がり、ついに艦長は総員退艦を指示したが、その間も攻撃はやまず最終的に八発の命中弾を受け、同艦は四七分後に水没した。

その一方で善戦した艦もあった。

英駆逐艦エレクトラは、接近してきた日本の駆逐艦叢雲《むらくも》に対し、三発の命中弾を与えこれを大破させた。

しかし、そのエレクトラ自身が巡洋艦加古から二発の命中弾を受け大炎上、ついに航行不能となり、自沈処理の上、総員退艦となった。

この駆逐艦の戦いを横目に、巡洋戦艦レパルスは、最後の戦いに全力を振り絞っていた。

プリンスオブウェールズの轟沈後、二斉射を終えたレパルスは突如、取り舵を増し、日本艦隊との距離を一気に詰めてきた。

「捨て身か……」

大和の高柳艦長がこの動きを見て呟いたが、宇垣がこれを否定した。

「いや、本気でこっちの艦を獲りにきている。必中を期しての距離詰めだろう」

この読みは当たっていた。

夜間とは言え距離が三〇〇〇を切るまでに接近したことで、敵艦のシルエットをある程度見られるようになっていた。

そこでレパルスの見張りは、敵艦のうちに伊勢級二艦がいる事を確認した。相手が格下と判断したテナント艦長は、的をこの二隻に絞り、攻撃を仕掛けるべく距離を詰めたのだ。

レパルスが狙ったのは、戦艦部隊の二番手を進む日向であった。

残る英戦艦はレパルスだけであるから、日本側の五隻がつるべ打ちに近い状況で攻撃しているのだが、ここまで至近弾二発が出ただけであった。それだけ、テナントの操艦が卓越していたという事だろう。

至近弾はYT予測機で砲撃した大和の第三砲塔が放った三発のうちの二発で、かなり動きを読み切っていたのにこれを躱《かわ》した。いや、あるいは偶然の結果だったかもしれないが、とにかくレパルスはまだ生きていた。

この時、日向は自分たちが狙われているのを承知で、動きを味方に合わせたままにした。

危険は百も承知だが、敵がこちらを狙っているという状況を他の艦も承知であれば、次の斉射で必ず命中弾が出ると踏んだのだ。

「来るぞ、歯を食いしばれ」

日向の艦長石崎《いしざき》大佐が、レパルスが一斉に主砲を発射したのを見て部下に告げた。

この時、一拍遅れて日本の各戦艦からも主砲弾が放たれた。

空中で両軍の砲弾が交錯する。

日向に向かっていたレパルスの砲弾は、最初の二発が狭窄《きようさく》弾となった。日向の両舷に水柱が立ったという事は、照準が完璧だったという事である。

「やられたな」

石崎が悔しそうに呟いた次の瞬間、激しい揺れが日向を襲った。

後部甲板に直撃である。

第六主砲塔の直下に命中した敵弾は、そのままスルッと装甲をすり抜け、艦内で爆発した。

戦艦は概ね自分の主砲の攻撃に耐える防御力を持っている。それは裏返せば、三六センチより大きな口径の砲弾を防ぐ術《すべ》を、日向は有していない事を意味した。

大きな爆発により、日向の第五及び第六砲塔付近が吹き飛んだ。

後部艦橋も影響を受け、カタパルトはそのまま海に飛ばされた。

「航行不能」

この結論が出るまで一分もかからなかった。

主機が沈黙してしまったのだ。

「取り舵一〇、停船するまで左に寄せ続けろ」

石崎が冷静に命令を下す。

「消火及び救助急げ」

副長が艦内電話に叫ぶ。

その時、航海長が艦長の肩を叩いた。

「艦長、仇はとってもらえたようです」

そう言って航海長が指差した先に、真っ赤な火柱が裸眼でも確認できた。

「レパルス撃沈です」

この時の斉射でレパルスは、大和から一発と陸奥から二発の命中弾を受け、一気に炎上しそれが弾薬庫の誘爆を誘った。

石崎が見た火柱は、その弾薬庫が吹き上げたものであった。

日向の艦橋に、万歳の声が響く。いや、ほぼ同時に日本艦隊のほとんどの艦で万歳の声が、勝ち鬨としてあがっていた。

レパルスの状況は、船の前部と後部に命中弾を受けたことで竜骨《キール》が大きく歪み、その結果、船底に亀裂が入り浸水、一気に大傾斜した。

そこに弾薬庫の誘爆が起きたものだから、船は完全に真っ二つに折れてしまい、艦首と艦尾両方を天にもたげたまま沈降していった。

レパルスの惨状を目の当たりにした残りの駆逐艦二隻、エクスプレスとテネドスは急転舵をして戦場離脱を図った。

日本の駆逐隊と巡洋艦部隊が追跡を試みたが、程なく旗艦大和より追跡中止の命が出た。

艦隊が無駄にばらけるのを避ける措置である。

「これでまず一勝。だが次の戦も勝ちが必定」

二隻の戦艦を沈めてなお道半ば。

山本長官は大きく顎を引き、夜の海原を睨んでいた。

4

交戦を終えた日本艦隊は、一気に反転した。目指したのは、輸送船団の居る方向である。航行不能になった日向には、駆逐艦二隻が随伴し深夜零時から曳航が開始された。しかし、速度は極めて遅く、英軍の襲撃にあった場合はかなり苦戦しそうである。

一方、惨敗し戦場を離脱した二隻の生き残り英駆逐艦は、リンガ泊地方面に遁走。ここでインド洋からの空母部隊を待つ構えであった。

戦艦プリンスオブウェールズとレパルス戦没の報告は、駆逐艦エクスプレスの手によってシンガポールにもたらされ、さらに電信で遥か英国本土まで伝えられた。

この報告に衝撃を受けたのが、チャーチル首相であった。

プリンスオブウェールズは彼のお気に入りの戦艦で、何があっても沈むはずがないと信じ込んでいた。

それがあっさり轟沈したという事実は、とても受け入れがたかった。

艦はフィリップ中将以下全乗員が戦死。そう認定されることになるが、これはビスマルク追跡で轟沈し、生存者が二名のみだった巡洋戦艦フッド以上の悲劇であった。

チャーチルは首相官邸で、沈痛な面持ちで側近に告げた。

「この情報は、敵がシンガポール近隣に上陸するまで秘匿しろ」

単純に味方の損害を隠したいというのではなく、

何かしらの考えがチャーチルにはあるようだった。

「空母部隊に一矢報いてもらわねばならん。陸上部隊は最大限の協力をするように下達しろ」

チャーチルはそう言うと、吸っていた葉巻を灰皿に押し付け、新しい葉巻を取り出し、その尻をカッターで切り落とした。

「ジョンブルは決して後に退かない。日本艦隊にそれを示すのだ」

チャーチルの思いは、遥か極東の空母部隊へと向けられていた。

この時、そのフォーミダブルとハーミーズを擁する英空母部隊は、マラッカ海峡を通過しきる寸前で、夜明けにはリンガ泊地付近に到達すると思われた。

「戦艦二隻の損害は我が国にとって大きな傷だ。今からこれを取り戻すには、最低でも敵三隻を屠《ほふ》る覚悟で臨まねばならない」

空母部隊を率いてきたネヴィル少将が、全艦隊に向けそう訓示した。

これが、午前三時過ぎの事。

狭いマラッカ海峡では、低速での航行を余儀なくされる。もし倍の速度でこの海峡を通過出来ていたら、戦艦部隊を丸裸で敵艦隊にぶつける事は無かったろう。

しかし、結果は既に出ている。

英軍は最初の賭けに負けたのだ。

だがまだ挽回のチャンスはあると、ネヴィルは踏んでいた。

日本の艦隊には、満足な空母援護がない。

航空攻撃で徹底的に戦艦部隊を削り、上陸作戦の支援を困難にする。これが、彼の考えた作戦の概要だ。

実はこの夜明けまでまだかなり時間のある段階で、ネヴィルは攻撃隊の発進準備を始めさせていた。シンガポールはマラッカ海峡を出ればすぐ目と鼻の先。敵の上陸船団は既に上陸予定地点に迫っているはずだ。そうなれば、空母部隊はある程度、敵の至近まで接近することになる。

この段階で攻撃隊を発進させたのでは遅い、とネヴィルは考えた。

そこでマラッカ海峡を通過中の夜明け前に、攻撃隊を発進させようと考えたのだ。

しかし、ここで一つ問題が生じた。

空母が艦載機を発進させる場合は、艦自体の速度を上げることで滑走距離を短縮させるのだが、海峡内での高速航行は無理、しかも暗夜の発進ということで、技量に不安のあるパイロットは飛ばすことができないのだった。

そこで選抜が行なわれ、フォーミダブルからは複葉のアルバコア雷撃機七機とフルマー複座戦闘機四機が発進、ハーミーズからはソードフィッシュ四機のみが飛び立つことになった。

攻撃隊を率いるのはミルズ少佐。地中海で実戦を多く経験したベテランであった。

「無理に編隊を組む必要はない。発艦したらシンガポールを目指せ。目標は、陸上部隊から指示が来る」

訓示を終えると、午前四時三〇分を期して発艦作業が始まった。

通常なら戦闘機が先に上がるのだが、揚力の得やすい複葉のアルバコアの方が滑走距離を短くできる事から、雷撃隊が先の発進となった。

後から発進となったフルマーは、戦闘機と言っても鈍重である事から一〇〇ポンドの小型爆弾を装備して、軽爆撃機としてまず攻撃を行なうことになった。

フルマー隊を率いるのは、一〇月にフォーミダブルに配属になったばかりのウェイン大尉だった。ウェインは、ビスマルク追跡戦にも参加していたベテランだが、実戦経験は薄く、攻撃編隊の指揮は人生初であった。

編隊を組まなくていいという訓示ではあったが、ウェインは念のために後続機が上がってくるのを待ち、二機でタンデム陣形を組んで進空した。

全攻撃機が無事に発艦を終えたのは、午前五時六分であった。

艦隊からの連絡を受けていたシンガポールでは、海軍のセレター基地から深夜のうちに偵察機が上がり、上陸船団の動向を摑もうとしていたのだが、空母部隊が攻撃隊を発進する直前、偵察機はその上陸作戦の陣容をほぼ把握した。

日本軍はシンガポールへの直接上陸を狙わず、対岸のペンゲランからカンプンスガイカパルにかけての海岸を、まず第一の攻撃地点に定めた。

予定としては上陸成功後に内陸侵攻を早め、一気にテコン島を渡り、対岸のセレター軍港を陥れようという大胆な戦術である。

このため、上陸船団には南遣艦隊のほぼ全力が護衛として張り付くだけでなく、英戦艦を屠った連合艦隊戦艦部隊も合流する予定になっていた。

そして、機甲部隊を中心とした別部隊が、マレー湾を少し北に上がったタンジュンセデリからセデリケチリにかけての波の穏やかな弓状海岸に上陸する手筈である。

この別働の上陸部隊こそが、シンガポール攻略の本隊で、部隊は上陸後に敵の防衛戦の裏を突く形で、一気にジョホールバルを目指す構えだ。

つまり、マレー半島先端に上陸する部隊は、あくまで敵海軍基地の無力化に全力を差し向けたものなのだ。

しかし、偵察機で日本の上陸船団の様子を確認した英軍は、このシンガポール至近に上陸する部隊こそ敵の主力と判断し、大急ぎで戦力移動を開始すると同時に、夜明けを待たずして航空攻撃を仕掛けるべく動き出した。

日本の空への守りは薄い。そう判断しての決断だ。

この作戦で、まず残っていた爆撃機はほぼ総動員で準備がなされたが、この攻撃に戦闘機の護衛は用意されなかった。

英軍はインドシナ方面からの渡洋爆撃を警戒し、戦闘機をシンガポールの上空警備と防御に振り切ったのである。

この大胆な戦術は、セオリーを重んじればまず決行しないであろうもので、立案者である英空軍のバローズ参謀中佐は、成功に絶大な自信を持っていた。

実際、相手がきちんと戦術を常道で考える人間だったら、この作戦は功を奏したはずだ。

しかし、事情が違った。

イギリスの編隊がまさに離陸を開始しようという時刻、上陸船団の上空と南遣艦隊の上空には五〇機を数える戦闘機が乱舞していたのである。

そのおよそ半数は仏印からの隼であるが、残りはやはり仏印から来た海軍の零式戦闘機であった。

このほんの四日前まで、仏印には零式戦は配備されていなかった。

この部隊は、フィリピンのアメリカ航空戦力を壊滅させた台南空の分遣隊であり、急遽、南部仏印に派遣された部隊なのであった。

深夜に仏印を発った編隊は、夜明け一時間前には上陸船団上空に到達、ここでおよそ三時間の上空護衛を行なう手筈になっていた。

無論、これはYT予測をもとにした措置であり、万一、敵航空部隊が現れなかった場合は、そのまま帰投する事になっていた。

しかし、その機械予測は見事的中した。

夜明けの兆しが東の空と海の色を変化させ始めたころ、敵の爆撃機の編隊を、高空に居た蝙蝠部隊が発見したのである。

「敵機接近、双発機の編隊多数」

実数としてはボーフォート雷撃機一〇機、ブレニム爆撃機二四機であった。

「戦闘機に警戒しつつ突撃」

陸軍の隼隊が、まず突撃した。

陸軍は航法の不安から、全機が空中無線を装備活用していたので、この命令はやや雑音混じりながらもしっかり聞こえた。

まだ上空は夜のとばりに包まれていたが、敵機の両翼の標識灯の青と赤の光が、しっかりとした目印になった。

二四機の隼は、先行してきたボーフォートに襲い掛かった。

英側は驚愕した。

まさか戦闘機が待ち受けているとは、夢にも思わなかったのだ。

まだ輸送船団の正確な位置を確認する前に、英側の編隊は形を崩された。

先行する編隊がばらけたことで、ブレニムの編隊も隊列を乱した。

敵の姿を視認できていない者もいたが、空に曳光弾の光跡が見えている以上、空戦が始まったのは間違いない。

予想投弾地点への最短コースを捨て、編隊は迂回して戦闘機を躱《かわ》そうとした。

だが、ここに満を持して零戦隊が襲い掛かった。フィリピンでアメリカ陸海軍の航空隊を圧倒してきた台南空の猛者たちは、まだ暗夜の名残のある空の上でも、昼間と変わらぬ動きで敵機を攻撃した。

これまでの隼や九六式艦戦と違い、二〇ミリ砲を装備する零戦は圧倒的だった。

隼では落としきるのに苦労したブレニムを、零戦は次々と炎に包んでいく。

最初の五分間で四機が、続く五分でさらに四機が撃墜された。

それでもブレニムの編隊は進撃を止めない。

すると、ここに新たな戦闘機が加勢に現れた。

空母龍驤搭載の九六式艦戦一二機であった。

龍驤は現在、南遣艦隊の駆逐艦一隻とともに別行動をしている。

さすがに空母が上陸船団に張り付いていてはまずい、という判断での別働であったが、これが功を奏し、ベストタイミングでの上空直掩が可能になったのだ。

零戦と併せて三八機、数的に敵を圧倒した戦闘機隊は、四方八方から残りのブレニムに襲い掛かった。

その頃、隼隊とボーフォート編隊の戦闘は終盤を迎えようとしていた。

とにかく身軽が身上の隼は、徹底して敵の死角を突いて攻撃を続け、ここまでに五機を撃墜していた。

残ったボーフォートは、もはやここまでと魚雷を投棄した。

高空からの投下を考慮されていない航空魚雷は、海面に激突するや、どれも暴発するか真っ二つに折れて沈んだ。

撤退しようと翼を翻したボーフォートだったが、隼は執拗に食い下がり攻撃を続ける。

背面機銃で必死に抵抗しても、所詮はその機動力の差は埋められない。

結局、この攻撃を逃げおおせたボーフォートは二機のみであった。

一方、袋叩き同然になったブレニム編隊であったが、この期に及んでもまだ爆弾を投棄せず、攻撃を諦めていなかった。

もうまもなく、船団の対空砲の範囲に入る。戦闘機隊は退避しなければならない。

しかし、この段階までたどり着けた爆撃機は、わずかに五機のみだった。

だがその五機しかいない敵でも、爆弾を投下されれば動きの取れない上陸船団は、無傷では済まない。船団ではすでに上陸用舟艇への乗り組みが始まっており、どの船も錨を下ろした状態なのだ。

このままでは、爆撃進路に入られる。

台南空を率いてきた黒瀬《くろせ》大尉は、攻撃を継続すべきか退避すべきか逡巡した。

すると、そこに無線機から、かなり明瞭な言葉が響いてきた。

「海軍機、そのまま攻撃を続行、上陸船団の対空砲火は止めた」

この通信は、はるか上空の蝙蝠部隊の一式陸偵から発せられたものだった。

一式陸偵は、ようやく上陸船団の近くまでたどり着いた連合艦隊旗艦大和からの通信を中継したのである。

零戦隊は、しめたとばかりに再度ブレニムに襲い掛かる。

無線機の仕様の違いで一式陸偵からの通信を聞けなかった龍驤の戦闘機隊も、零戦の動きに気づき攻撃に加わった。

爆撃隊は完全に窮地に陥った。

当然、対空砲火の洗礼だけで爆撃を行なえると思っていたのが、執拗に多数の戦闘機が群がってきたのだ。もはや結果は、火を見るより明らかだった。

ブレニム隊は壊滅した。

奮闘空しく、日本機へは一機の損害も与えられない、文字通りの完封敗北であった。

ここに、間が悪いという言葉を、身をもって示すことになる存在が現れた。

夜明けの光が、完全に水平線から姿を見せた時、蝙蝠部隊の視界にそれは飛び込んできた。

「敵機、新たに接近、単発機……あれは、艦載機だ」

そう、英空母部隊から発進した攻撃隊が、このブレニム隊の壊滅からわずか三分後に発見されたのである。

空中無線で新たな敵の存在を確認した零戦隊が、翼を翻すと他の戦闘機隊もこれに続いた。

これに面を食らったのが、英海軍の攻撃隊だ。

まさか敵船団上空に戦闘機が、それも圧倒的多数の敵機が存在しているなどとは夢にも思わなかったのだ。

実は英空軍の使っている無線常用域と英海軍のそれが食い違っていたため、シンガポールからの爆撃隊が発した敵機遭遇の報告を、彼ら海軍航空隊は傍受できていなかったのだ。

鈍足の複葉雷撃機と戦闘機としては不適格な複座機では、零戦や隼どころか九六式艦戦でも脅威でしかない。

しかし、ここで攻撃をやめるわけにはいかない。

バラバラでやって来た攻撃隊は、それを一つの武器として個別の突撃を試みた。

最大速度で雷撃高度まで下がり、一気に船団を目指す。

これは基本戦術なのだが、肝心かなめの最高速度が遅い。なにしろソードフィッシュより新型のはずのアルバコアでさえ、その速度はソードフィッシュと変わらない。つまり極めて遅いのだ。

雷撃隊の機体は、あっという間に零戦隊と隼隊に捕捉され攻撃を受けた。

こちらで一機、あちらで一機、雷撃機は瞬く間に血祭りにあげられていく。

こうなると、もはや敵の手を逃れるのは困難だ。

爆装してきたフルマーは、ただちに爆弾を捨て空戦に入ったのだが、旋回半径の巨大な機体はどうあがいても敵の背後を取れない。

それでも、後部銃手が懸命に銃撃を浴びせるのだが、焼け石に水。

四機のフルマーもまた敵に一矢報いることなく完敗、全機が撃墜された。

墜落する間際にウェイン大尉は艦隊に向け「任務失敗」を打電していた。

彼の機体が海に消えて一〇分後には、上空に英軍のラウンデルを付けた機体は、もはや一機も残ってはいなかった。

またしても一方的勝利。

そしてウェインの打った電信が、英空母部隊にある決断を促した。

「反転する。残りの艦載機で攻撃を仕掛けても、時間的にもう上陸を止める事は不可能だ。そして効果的打撃を与えるのも難しい」

ネヴィル司令はそう結論付け、あと少しでシンガポールと言う位置に来ていた全艦隊を、一八〇度反転させたのである。

日本は英空母の危険が去った事をまだ確認していないが、YT予測から敵が無理に突撃してくる確率が低いことは確認していた。

そこで、沖合に到達した連合艦隊の戦艦部隊に第一上陸地点への接近を命じ、艦砲射撃による敵陸上部隊殲滅を期すこととなった。

この段階で、戦艦部隊と入れ替わるように仏印からの助っ人たちは帰還コースに乗り、引き揚げていった。

残った九六式艦戦は燃料が続く限り、上空援護を行なう。

そして、夜明けから一時間後、上陸作戦はついに開始された。

こうしてシンガポール攻略戦は、最終盤に状況が転じたのであった。

もはや日本軍を止められるのは、陸上兵力しかいない。

英軍はマレー半島に敷いていた要塞線ジットラライン絡兵力を取り崩し、この上陸兵力を挟撃しようと試みた。

しかし、それもまた英国にとって、大きな誤算となった。

開戦時に許可を取れなかった中立国のタイを経由しての兵力移動、これにタイの政府が許可を与えたのだ。

その結果、上陸作戦と呼応する形で、二個師団の地上兵力が一気にマレー領内に攻め込んだのだ。

第一と第二上陸地点に加え、国境からの侵攻、英軍は分散した敵への対応で大混乱に陥った。

上陸作戦も大きな反撃にあわず、全兵力のおよそ八割を、初日に上陸させることに成功した。

こうなると、マレー半島の英軍の守備は瓦解していくしかない……それが、ＹＴ予測での答えであった。

そして、現実もまたその予測と違えず進行していくのであった。

最終章　遥かなるゴール

1

昭和一七年一月二一日、抗戦を続けていたシンガポールの英軍は最終的な降伏を受け入れ、ついにマレー半島とシンガポールの英連邦軍は日本の前に屈した。

まだマレー半島の一部に敗残部隊が残っているが、これの一掃も時間の問題と思われた。

日本はボルネオと仏印から陸攻部隊による渡洋爆撃を執拗に繰り返すことで、シンガポール市内の抗戦能力を大きく削いだ。

さらに一月初旬には、ニューギニアからオーストラリア方面に展開し、英連邦の要衛に爆撃を繰り返してきた機動部隊が南シナ海に入り、その制空力でシンガポールの英空軍戦力を一掃した。虎の子のスピットファイアも零戦に完敗した。

そしてその機動部隊はそのままバンダ海峡を抜け、一気にインド洋に入ろうとしていた。マレーを席巻した陸軍は、既にスマトラにも侵攻しており、この占領も時間の問題と目されていた。

機動部隊のインド洋進出は、このスマトラの援護の意味もあったが、さらにインド洋深くにまで進む予定であり、その先にはシンガポールを目前に反転した英空母部隊も待ち構えているはずだった。

つまり彼等の最終的目標は、英東洋艦隊の壊滅に他ならなかった。

このインド洋作戦に歩調を合わせ、タイを起点にしたビルマ攻略作戦も開幕した。

一見すると、大筋では令和世界の過去の戦歴をなぞっているかのようにも見えたが、個々の戦いを具《つぶさ》に見ると、その展開は似て非ざるものに化しているのがわかる。

ＹＴ研究班の鷹岳をはじめとした特免要員は、この差を強く認識していた。

二月五日、戦艦大和はトラック島の泊地にあったが、ここで鷹岳は大きな試練に直面していた。

「両極の答えが出てきた」

それはＹＴ予測機が弾き出した、米軍の動きに関する作戦予測であった。

これまで、これほど極端な予測は出てきたことが無かった。

いったい何が原因なのか、鷹岳には判らなかった。

通常と変わらぬ入力を行なったはずなのに、同時対応が困難な予測が、ほぼ同確率で弾き出されたのである。

「これがつまり、機械予測の欠点という事なのか……」

機械は人間に忖度《そんたく》しない。

確率があくまでイーブンであったら、その通りに答えを出力する。

その答えがゆえに人間が悩んでも、それは感情として機械には伝わらない。

「班長、これはそのまま上に提出するしかないね」

吉岡一等兵曹が、仕方ないという風に首を振りながら言った。

「そうだな、計算し直しても意味がない。入れるべき情報が、もう何もない」

鷹岳が困り切った顔でため息を吐くと、ちょうどそこに藤代中佐がやって来た。

「新しい計算結果が出たらしいな」

YT予測機の稼働状況は、戦闘艦橋からもモニターできる。藤代はそこでわざわざ確認してから、艦の底に近いここまで出向いてきたようだ。

「ええ、でも困っています」

「ん?」

鷹岳の顔色が冴えないので、藤代は首を傾げた。

「もうタイピングしてあります。読んでみてください」

鷹岳に紙を渡され、藤代はざっとそれに目を通した。

「おいおい、こりゃ本当か」

藤代もすぐにその異常さに気づいたようで、すぐにその内容を声に出して読み上げた。

「台湾への空襲攻撃の可能性四〇%、トラック泊地への空襲攻撃の可能性四〇%、この期間の攻勢無しの可能性一五%、サイパン島への空襲の可能性五%……」

鷹岳が大きく息を吐いてから言った。

「YTに特免もへったくれもありません。つまり予測として、アメリカは空母を使った作戦に固執する。それだけは共通しています」

すると藤代が、指で用紙を弾きながら言った。

「だが、とにかく目標が離れすぎている。全部への同時対応なんて無理に決まっている」

「ですよね」

藤代はしばらく何か考え込んでいたが、やがて大きく頭を振った。

「ああ、もう、とにかくこれで報告するしかない」

そう言って、いきなり鷹岳の肘を摑んだ。

「え?」

戸惑う鷹岳に藤代が言った。

「貴様も付き合うんだよ」

鷹岳は藤代にぐいぐいと引かれ、そのまま長官室まで同行させられた。

艦内空調で涼しい艦内であるが、いつの間にか藤代は、薄ら油汗が額に浮かんでいるのに気づいた。どうやら、この結果を見せる事に不安が湧いたようだ。

しかし避けるわけにはいかない。

許可が出て、二人は山本長官の執務室に入った。

「新しい予測か?」

山本に問われ頷きながら、藤代は計算予測のタイプされた用紙を週番士官に手渡した。

週番士官からその用紙を受け取った山本は、じっとそれを見て眉間に皺を寄せた。

「なんと厄介な」

そう一言いうと、山本はいきなりその用紙をテーブルの上にパサッと投げた。

「どうしたらいいのでしょう」

反射的に鷹岳が聞いたが、山本は一度大きく鼻息を吐いてから彼に言った。

「それを決めるのは我々の仕事だ、貴様は計算を続けておればいい」

「し、しかし、こんな結果が出てくるようでは、この先も」

話の途中で山本が手を上げ、言葉を止めさせた。

「気にするな、これはこれでいいのだ。確率が割れたなら、敵の出方もまだ半々なのだと思えばいいだけの事。これはつまり、敵も作戦に悩んでいると素直に受け取ればいい」

「ですが長官、このままでは対応策を決められないのではないですか」

藤代が低めの声で伺いを立てた。

すると、山本の口からは思いもかけない返答が出た。

「対応できないなら、しなければいい」

「え？」

藤代と鷹岳でなく、週番士官までが口を大きく開けて山本を見た。

「対応……しない？」

聞き間違いかと思い、藤代が言った。

すると山本が大きく一度頷いてこう言った。

「その通りだ、藤代中佐。何も出来ぬとなったら何もせぬことだ」

「それはいったい、なぜですか」

藤代が半ば身を乗り出して聞いた。

山本は落ち着き払った声で答えた。

「貴様らは完全なる勝ちに拘りすぎておる。なるほど、機械予測で敵の出方が判れば、これへの対応は可能で、逆に敵の出鼻を挫くこともできるだろう。しかし、すべての局面でこれが通じるわけではない」

そう言うと山本は机の引き出しを開け、兵棋練習用の駒、小さな船の形のそれを数個、机に並べた。

「確かにこれは負ける事の許されない戦いだ。我々の戦力には限りがある。他方、アメリカの潜在的戦力は、まだこれから実体化してくる事になろう。出来るなら、その無尽蔵にも思える工業力がすべて戦争に振り向けられる前に講和をしたい。だがね、それはおそらく無理な話だ」

そこで山本は、並べた駒の幾つかを摘まんで机の上から排除した。

「この先、我が海軍の戦力は櫛の歯を欠くように減っていく。たとえYT予測で敵の動きが事前にわかっていたとしてもだ」

　戦争は相手のあるもの……確かに山本の言う通り、敵の出方がわかっていても、交戦で一方的に勝てる割合などたかが知れている。いずれ少なくない被害が、連合艦隊を圧縮していく。これは間違いない事であった。

「その限りある戦力を、常に敵にぶつけてすり減らすより、防諜面を考慮して動くのもまた有りではないのかな」

　残った駒を指先で弄びながら山本が言った。

「防諜面？」

　科学者の鷹岳にはピンとこない話であったが、情報屋の藤代はすぐに話を理解した様だ。

「なるほど、そういう事ですか。毎回毎回、敵の出鼻を挫いていたら、YT予測の秘密まで露見しかねない。長官はそう仰るのですね」

　山本は少し視線を落としながら頷いた。

「実に気まずい話になるが、意図的に犠牲を出すことで敵を油断させる……そういう戦術も必要になるという事だ。今回のこの予測では、どちらか一方にかける事は出来るが、敵がその裏をかいた場合は、すっぱり諦める」

　藤代も鷹岳も難しい表情を浮かべた。

「それはしかし、YT予測の理念からすると……」

　口を開いた鷹岳に、山本は大きく首を振った。

「機械に国の未来を託したとはいえ、戦場を支配するのはやはり人間だ。大局的な判断まではYTに委ねる気はない。そこは承知しておいてくれ」

　ビシッと言われ、鷹岳はただ「はい」と返事する事しか出来なかった。

この時、実際にアメリカでは対日反撃作戦の方向性を巡り大きな議論が湧き起こっていた。

意見の主流として、日本の要衛への痛撃と言う案が大勢を占めてはいたが、その方法を巡っては二つの案で拮抗していたのである。

一つは、残った空母部隊を統合し全力で日本の連合艦隊が泊地としているトラック島を奇襲する案。もう一つは、中型爆撃機のB25を空母に搭載し、ゲリラ的に日本領土である台湾を空襲するという案であった。

この二つ目の案は当初、日本本土を目標として提案されたもの、つまり令和過去世界におけるドーリットルの東京空襲案そのままに提出されたものだったが、成功率が低すぎるという理由で再検討され、採択された案であった。

一案に関してはレキシントン、ワスプ、ヨークタウンという三隻の空母の投入が検討され、場合によってはこれに大西洋に残すはずだったサラトガも投入するという大規模な作戦であったが、万一にも敵機動部隊と鉢合わせになったら危険と言う意見から、票が集まり切っていない。

一方、二案に関しては、ドーリットルのデモンストレーションで空母からB25が飛べることは確認されたが、再び降りる事は不可能。そこで、攻撃隊は台湾からそのまま中国本土に飛び中国軍と合流するという作戦なのだが、その中国国民党の協力体制が今一つ不透明だということで、票が分散した。

現在、この二つの案を除けば、ゲリラ的に日本の信託統治領であるサイパンやヤップと言った比較的防備の薄い地域を空襲するといった消極案しか出ていない。

だが、これは対日反撃の狼煙としては効果が薄いことから、採用される見込みは低かった。

つまり、ＹＴ予測は完璧に近い形で、アメリカの現状を弾き出していたのだ。

アメリカは結局、大統領に作戦案の採択を一任する。

もし、この情報が日本に齎されていたら、ＹＴ予測機は正解の予測を弾き出せた可能性が高い。大統領個人のパーソナリティーに関しては、ここまで数多くの事例をインプットしてあるからだ。

しかしまだ日本の諜報組織は、そこまでの情報に近づけるほど成熟してはいなかった。ようやくアメリカ国内に、草の根段階の諜報網を広げられた程度にしか育っていない。

結局、連合艦隊は、アメリカの反撃に関しては二分の一の確率で、トラック襲撃への備えという案に絞り込み、防備を固める事にした。

無論、台湾方面の防御もぬかりなく行なったが、在台湾の航空戦力の多くが既に外地に移動したこともあり、防御は完璧には程遠いレベルでの準備となってしまった。

二月中旬、アメリカの空母部隊はサンディエゴを発った。

しかし、日本はその兆候を摑んでいなかった。

この時、日本の機動部隊はまだインド洋遠征の最中にあり、まもなくセイロン島へ攻撃を仕掛けようという途上にあった。

その機動部隊で、動きがあったのは二月二四日の昼頃であった。

「敵空母発見」

緊急電が艦隊に飛んできた。

洋上哨戒に出ていた重巡利根《とね》の偵察機が、航行中の英空母ハーミーズを発見したのだ。

　これぞ千載一遇のチャンス、機動部隊は直ちに攻撃隊を編成し、ハーミーズへの攻撃を仕掛けた。

　実は前日、機動部隊は英巡洋艦コーンウォールを発見しながら、攻撃する機会を逃し遁走されていた。利根の哨戒機は、その消えたコーンウォールを探している最中にこのハーミーズを発見するという、まさに幸運に巡り合ったのだ。

　インド洋に進出していたのは空母赤城と加賀、それに飛龍と蒼龍の四隻の空母で、編まれた当初の第一機動部隊の編成であった。

　第五航空戦隊の瑞鶴と翔鶴《しょうかく》は、太平洋に留まり残る米空母への警戒を続けている。

　その翔鶴と瑞鶴は、現在日本の物となったルンガ泊地に停泊していた。

　英小型空母を発見した機動部隊は、戦闘機一二機、急降下爆撃機三六機、雷撃機一六機という編成で、これに襲い掛かった。

　ハーミーズには護衛役の駆逐艦一隻が同行していたが、編隊は二隻に対し驚くほどの命中精度で爆弾を叩き込み、結局、雷撃隊の出番が来る前にハーミーズと護衛のエクスプレスを撃沈してしまった。

　この時の命中率は軽く九〇％を越えており、日本の急降下爆撃の精度を世界に知らしめることになった。

　こうして英軍は、シンガポール沖海戦から逃れる事のできた二隻の軍艦を、あたら簡単に失ってしまったのであった。

　この時期の英軍は、東洋艦隊の再建に向け動き出したばかりで、ハーミーズはその再建する艦隊に合流するために、インドから中東沖のデュエゴガルシアまで向かう途中だったのだ。

英国の新東洋艦隊司令官ソマーヴィル中将は、既に手許にフォーミダブルとインドミダブルの二隻の空母と四隻のＲ級戦艦を擁して決戦準備を進めていたのだが、ハーミーズ損失の報告に、日本艦隊との決戦を回避する決断をした。

彼の読みでは、日本の機動部隊はデュエゴガルシアまでは攻めてこない。万一来た場合は、これを迎撃するが、艦隊としては決戦を回避し、戦艦部隊はペルシャ湾まで後退させる動きを見せた。

この読みは正解で、補給の都合から機動部隊は、ハーミーズ撃沈の翌日と翌々日の二度、セイロン島を爆撃しただけで反転し、ルンガ泊地へと戻っていった。

2

昭和一七年三月三日、中部太平洋。

アメリカの機動部隊は未明のうちから、攻撃隊発進の準備に取り掛かっていた。

三隻の空母から、合計一六二機の攻撃隊が発進する。

日本の空母部隊主力は一週間前にインド洋のセイロン島を攻撃したばかりで、まだこの太平洋に戻ってきていない。

アメリカ機動部隊を率いてきたハルゼー少将は、作戦成功に大きな自信を持っていた。

今の日本は勝ちに驕《おご》って油断しきっている。

ハルゼーはそう考えていた。

ある側面から見れば、これは当たっていた。

日本兵の多くは、アメリカ軍の反撃などたいしたことが無いと、高をくくっている。

今から行なう攻撃は、その高くなった鼻をへし折るに十分なインパクトを持っているはずだった。

現地時間五時五分、まず空母レキシントンから攻撃隊の発進は始まった。続いて小型空母ワスプ。さらにヨークタウンから。

先に上がったのは、いずれもF4Fワイルドキャット戦闘機。

続いてSBDドーントレス急降下爆撃機、最後にヴィンジケーターとデバステーター混成の雷撃機隊である。

攻撃隊は一団となって、目標を目指す。

その向かうべき先は、トラック環礁である。

そう、米機動部隊の目標は、日本連合艦隊そのものであった。


事前の潜水艦偵察で、数隻の戦艦がそこに停泊している事は摑んでいた。

ここまでの状況を見て、米の奇襲を察知したと思われる動きは見えない。

攻撃は成功する。誰もがそう考えていた。

しかし、そうはならなかった。

「夏島の電波探知機が、接近する敵編隊を捉えました」

連合艦隊旗艦の大和に連絡が入ったのは、敵編隊がまだ二〇〇キロ以上離れた地点にある段階であった。

海軍四号研究所は、一月に大型の基地設置型レーダーを開発。これを急ぎトラック環礁の夏島に設置した。

この一号三型電波探信儀は、ドイツのウルップルグレーダーに極めて近い性能を持っており、条件さえよければ、三〇〇キロ圏内の敵機を捕捉できた。

　この日は気象条件の加減で、敵編隊を察知できたのはおよそ二二〇キロに接近した時点であったが、緊急配備を行なうには十二分な時間があった。

「全航空隊に迎撃を指示、環礁内の全戦闘艦艇は抜錨、礁内から脱出せよ」

　命令が飛び交い、未明のトラック環礁は一気に大騒ぎとなった。

　春島にある飛行場から戦闘機が離陸を始めたのは、それからわずか五分後。そして三〇分後にはすべての軍艦が珊瑚礁を出て外洋に、空には五〇機を超える戦闘機が舞って、敵を迎え撃つ構えが出来た。

「意外でしたね。こちらに来るとは」

　航行中の大和の艦内で、鷹岳が藤代に言った。

「貴様も台湾がやられると思っていたか」

「ええ、大型機での奇襲という案は、アメリカ人の気質からいって選択されやすいと思っていたのですが」

　その時、大和の艦内にブザーの音が鳴り響いた。

「敵機接近、対空戦闘用意」

　スピーカーから命令が飛ぶ。

「来たか。今回、我々には出番はないな」

　藤代が言ったが、実際相手が小型機の集団ではYT予測機の出る幕などない。

　アメリカ側が奇襲失敗を悟ったのは、戦闘機隊に遭遇する前に、環礁の外を進む艦隊を発見した時であった。

　主力艦のほぼすべてが外洋にあり航行中。これは、攻撃がかなり手前で露呈したことを意味する。

「まさか日本軍もレーダーを……」

攻撃隊を率いてきたドレイファス大佐は、すぐにこの事態の示す事実を見抜いた。

敵が外洋にあっても、しかし攻撃隊のやるべきことに変わりはない。

ドレイファスは全機に対し、突撃を命じる信号弾を打ち上げた。

だが奇しくも、これがそのまま雲の切れ目から現れた迎撃の日本戦闘機隊への目印となってしまった。

「かかれ！」

戦闘機はそのほとんどが横須賀空所属の零戦で、一部に機動部隊の新配属途中の者が混じっていた。

これが意味することは、海軍でもかなり手練れの猛者ぞろいということだ。

日本の戦闘機出現でアメリカ側は直ちに護衛戦闘機を向かわせたが、高度的に優位だった日本側がアメリカ攻撃隊の頭を押さえ込む形になった。

正面からの激突で、機首を下げつつ攻撃した零戦は、常より遠い距離で二〇ミリ機関砲を相手に命中させる事が出来た。

初撃でなんと一一機のグラマンが火を噴いた。対して日本側は、四機が被弾し失速墜落した。

すぐさま切り返して巴戦に持ち込むと、一部の零戦隊は戦闘機ではなく、鈍足の雷撃隊へと向かっていった。

これをさせじとワイルドキャットも必至で食い下がるが、巴戦になると圧倒的に零戦が優位で、数的劣勢のはずの日本の戦闘機隊が戦場を支配することになった。

戦闘機の乱戦から抜け出た日本機は、約二〇と見られた。

この時、戦闘機隊の至近をちょうど敵雷撃機の編隊が通過しようとしていたが、零戦隊はこれに狙いを定め一気に襲い掛かった。

　結果的に、やや高空に位置していた急降下爆撃機隊はフリーになった。

　この状況を確認したアメリカの急降下爆撃隊は、チャンス到来と一気に連合艦隊目掛けて、攻撃を開始した。

　午前七時五四分、最初の爆弾は、戦艦山城《やましろ》の至近弾となった。

　その後、立て続けに扶桑《ふそう》と伊勢に至近弾。

　そして八時二分。

「今、揺れたか?」

　戦艦大和のＹＴ研究班の室内で、鷹岳が誰にともなく聞いた。

「揺れましたな、少しやけど」

　細野特務総長が答えた直後、艦内放送が響いた。

「後部甲板に直撃火災発生、消火急げ」

「直撃だと」

　皆が驚いて顔を見合わせた。

　この時、命中したのはヨークタウン艦爆隊のダレス中尉機が放った五〇〇ポンド爆弾であったが、爆弾は大和の装甲を貫くことが出来ず、甲板上で破裂し、後部右舷の副砲基部に火災を発生させた。

　この爆発の衝撃を鷹岳たちは感じたわけだが、それは気をつけていなければ判らないほど小さな揺れであった。

　実際、対空射撃をしている舷側付近の乗員の中には、直撃に気づかなかった者もいたほどだ。

　その後、大和への直撃は無かった。しかし、他の艦の状況は違っていた。

　結果的に言うと、九発の爆弾が他の戦艦に命中した。

被害が最も深刻だったのが扶桑であった。

艦橋を含む四カ所に被弾し、艦は大炎上していた。しかし、喫水が下がるようなことはなく、状況としては中破にとどまった。

それでも一〇〇人を超える死傷者を出しており、火災の消火にはかなり手間取りそうで、いつ弾薬庫に誘爆してもおかしくない状況が続いている。

陸奥には三発が命中したが、これも装甲が貫かれる事はなく、左舷副砲群の一部が火災で大きな被害を被った。こちらも死傷者は一〇〇人に迫ったが、幸いにも火は早期に鎮火した。

残りは長門と山城に一発ずつ、いずれも小規模の被害で済んだ。

だがこの時点で無傷なのは、伊勢のみとなった。

先の海戦で手負いとなった日向は、現在日本で入渠中である。

日本の機動部隊に比べると、アメリカの急降下爆撃の精度は高いとは言えなかった。

それでも合計一〇発の命中弾を与えたのだから、大健闘と言えよう。

もし、ここで雷撃隊も自在に攻撃を加えられていたら、日本側は少なくない被害を出したと思われる。だがその雷撃機は、大半が日本艦隊にたどり着く前に撃墜されていた。

雷撃位置までたどり着いたのは、わずか七機のみ。

しかし、その七機の雷撃は、最悪の結末を迎えた。

航空魚雷の性能が、極めて劣悪だったのだ。

通常の雷撃だったら予定性能を発揮できたかもしれないが、日本の戦闘機に背中を追われた各機は規定高度より高いか、あるいは速度超過のまま魚雷を放ったのである。

これがつまり、雷撃失敗の真相である。

魚雷の強度を無視した投下で、熱走する前に暴発したり破壊される物がほとんど。

何とかエンジンが始動して目標に向かっても、信管が作動せず不発になるなどで、結局すべての雷撃が無駄に終わった。

アメリカ側は、投入した戦力に見合う戦果を挙げることなく引き上げるしかなかった。

「第二次攻撃の必要あり」

攻撃隊からそう報告を受けたハルゼーは、直ちに全艦に攻撃隊準備を命じた。

しかし、その攻撃隊を発進させる前に、事態が急転した。

「敵に追尾されている。大規模な攻撃隊だ」

空母に帰還しようとしていた攻撃隊の一機が、緊急電を寄越した。

「なに？　いったいどこから！」


それは、密かにリンガ泊地から呼び寄せてあった、第五航空戦隊の翔鶴と瑞鶴からの攻撃隊であった。

二隻の空母は、トラック泊地に入ることなく周辺海域を遊弋《ゆうよく》し警戒していた。

敵機動部隊からの攻撃機接近の報に、司令の原《はら》少将は直ちに攻撃隊を編成し、敵の攻撃が終わるタイミングでこれを追尾させるという方法で、偵察の手間を省いたのである。

「嵌められた！」

ハルゼーは、自分たちが周到な罠にかかっていた事実に気づいた。

ここで選択すべきは？

敵機が殺到するまで二時間もない。

逡巡すべき暇などない。

彼は決断した。

太平洋戦争史上、最も非情なる決断と言われる非道の選択を。

3

戦艦大和は一時的に、横須賀に入港していた。トラック沖海戦で受けた損傷を修理するためである。

昭和一七年も四月を迎えた。

鷹岳が海軍に入って、二年が過ぎたことになる。とはいえ、彼は軍人としての教育を受けたわけではないので、今でも自分が軍人であるという自覚は希薄であった。

「おう、情報部から新しい情報が届いたぞ」

そう言ってYT予測班に顔を出したのは、藤代中佐であった。

日本に戻るや中佐は、海軍省や軍令部を忙しく駆け回っていた。

藤代が持ってきた情報の中には、かなりの数のアメリカの新聞報道が混じっていた。

これを簡単に分類しながら鷹岳は言った。

「やはりアメリカ世論は、ハルゼーを糾弾してますね」

「まあ当然だろう、彼等の気質からして、味方を見捨てた男を擁護するのは難しい。おそらくハルゼーは降格させられるか、最悪、軍事裁判にかけられるんじゃないかな」

「日本では考えられませんね。空母を守るという大義は果たしたのに」

新聞の紙面に踊るのは、ウィリアム・ハルゼーを糾弾する声の数々。

いわく、冷血漢、人非人、悪魔などなど……

こうなったのも無理はない話なのだ。

あのトラック沖海戦で送り狼となった五航戦の攻撃隊接近を知ったハルゼーは、虎の子の空母を失う事を恐れ、帰還する攻撃隊の収容を諦め、全速で遁走したのだ。

当然、一機の帰還機もなし。日本の戦闘機から必死で逃れてきた攻撃隊は、母艦が待っているはずの何もない海上を彷徨い、呆然とし、そして激怒し不時着するしか選択肢はなかった。

この帰還するアメリカ側攻撃隊を目印に飛び立った五航戦の攻撃隊もまた、消失した相手に呆然としつつも、一時間以上の索敵を行なったが、結局、敵機動部隊を発見する事は出来なかった。

こうしてトラック島沖海戦の結果は、日本側損害、戦艦一中破四小破、戦闘機九損失。対するアメリカ側は、航空機一六二機損失。

明らかにこれは、アメリカ側の敗北であった。

アメリカ軍は不時着した兵員のうち七六名が日本の海防艦に救助され捕虜となったが、死傷者の数で見る以上に、アメリカ側の被害は深刻だった。

何しろベテランで揃えた空母搭乗員を、まるっと失ったのだ、この損失は計り知れない。

「これは、この先の予測が不規則変化する予兆かもしれません。嫌な感じですね」

ＹＴ予測では戦闘の推移に関しても予測を立てていたのだが、このハルゼーが味方を見捨てるという予期は一欠けらも出来ていなかった。

つまりハルゼーの取った選択は、イレギュラー中のイレギュラーで、機械では予測できなかったヒューマンエラーとでも言うべきバッドチョイスだったのだ。

味方の犠牲を前提にした選択というのは、無視できないのかもしれない。

トラック沖海戦の後、鷹岳はそう強く感じていた。

しかし、それをYT予測に組み入れることに、彼は何か強い懸念を感じていた。

これは彼の日本人としての感性が与えた警告であったかもしれない。

令和世界から送られた、あちらの世界線での太平洋戦争で、敗戦間際の日本が特攻という名のもとに人間爆弾を中心とした自殺攻撃を推進させていた事実を思い出したのだ。

もしYT予測がその自殺攻撃を強く示唆してきた場合、軍の上層部はどう対処するのだろう。

それを考えると、どうしても背筋が寒くなるのを禁じえなかった。

「なるべく詳細に情報を入力し、今後、ああいった不測の事態に対しても予測が立つようにしなければな。もっとも、敵が自滅してくれる分には構わないわけだが」

藤代はそう言って微笑んだ。

「そうですね。でも意味もなく敵が自滅していくのを願うのは、結局、神風頼みというのと変わりないですよね」

藤代は一瞬「ん？」と首を傾げたが、すぐにぽんと手を叩いた。

「ああ、日蓮上人か」

藤代が言ったのは、元寇の際の神風の話だ。

一方、鷹岳が言ったのは、特攻の方の神風。

しかし、特免要員でも令和世界線の戦争を読み込んでいるわけではないし、敗色濃厚になった別の日本の戦術を具《つぶさ》に研究している者は、ほとんどいなかった。

つまり藤代も、おそらくは見ているはずなのだが、特攻と言う戦術はすっぽり頭から抜けているのだった。

「とにかく勝つなら自力で、それに尽きます」

そうは言ったが、いまだ鷹岳には、日本がこの戦争に勝ち切るための条件は見えていない。

そもそも戦争の終わらせ方を考慮しないまま始めた戦争なのだ。その行き着く先は、日本の首脳でさえ分かってはいなかった。

これが令和世界の人間なら、良い解決方法を思いつくのだろうか?

鷹岳は、YT予測機の最終演算装置と化したタブレットを見つめながら考えた。

少なくとも、自分たちよりは頭の良い解決法を思いついてくれそうだった。

いや、実際、それを研究していてくれた。

令和世界の田伏由佳と仲間たちは、戦争を日本の勝利に終わらせる条件を研究していたのだ。

だが、その結論が出来るより先に、由佳の暴走によって、二つの世界のリンクは切れてしまったのだ……。


しかし、令和世界の研究チームは、鷹岳や田伏雪乃の生きる昭和世界との再接触を諦めてはいなかった。

あの日から二年、田伏由佳は大学院を卒業し、博士として研究室に残った。

「可能性はあるわ。諦めたりはしない」

由佳にとって、日本を勝たせるという目的は人生の目的と同意義になっていた。

あれは由佳が七歳の時だった。

病床の曾祖母、田伏雪乃を、彼女は両親とともに見舞った。それが、由佳と雪乃の初めての対面だった。

その対面の場で雪乃は言った。

「明《あき》さん、三恵子《みえこ》さん、悪いけど、しばらくこの子と二人きりにしてくれへんやろか」

「え？」

両親はいきなりの言葉に戸惑ったが、雪乃は優しい声で言った。

「この子と内緒の話があるんや、ええから、ええから」

そう言って狐につままれた顔をした両親を、雪乃は病室から追い出した。

きょとんとして親が退室するのを見ていた由佳に、雪乃は優しくこう言った。

「やっと現れたわね、私の天使はん」

「天使、あたしが？」

不思議そうな顔をする由佳に、雪乃は語った。


「そうや、もう七〇年近く前になるんやけどね、うちは、あんたとお話したんよ。難しい機械を通してね」

由佳は目を丸くした。

「あたし、おばあさまには初めて会うよ」

「せやな、せやけどちゃうのよ。あんたに判りやすく話すんのは難しいわあ。ええとね、この先もっと大きくなったあんたは、過去のうちと電話で話をするんや。これはね、もう決まっている話なんよ」

無論、七歳の由佳にはちんぷんかんぷんだった。

それからしばらく、雪乃は紙に画を描きながら、由佳に過去の自分と由佳がいかに出会ったかの説明をした。

「じゃあ、あたしは科学者になるの？」

「せや、あんたは世界一の科学者になって、時間を飛び越えられる電話を発明するんや。せやけど、きっとあんたやったら、もっとすごい発明が出来るはずや……」

そう言うと雪乃は由佳を抱きしめ、耳元でこう言った。

「お願いや由佳、あんたの手で、あの人を助けてやっておくれ。うちなんかよりお国に必要だったはずのあの人を……」

田伏雪乃が亡くなったのは、由佳が九歳の時だった。

それまでの短い時間に、由佳は親に無理を言ってかなりの時間、雪乃と語らった。

稀代の物理学者で、日本人初の女性ノーベル物理学賞に最も近いと言われていた老女は、曾孫にその持てる知識のすべてを授けたと言っていい。

雪乃の研究資料は、遺言ですべて由佳に相続されたのだ。

高校に入る前から由佳は、その膨大な資料の読み込みを始めた。

そしてその資料に混じった雪乃の日記から、鷹岳省吾の存在を強く感じるようになった。

戦後、雪乃は見合い結婚をしているが、結婚後も研究を続けた彼女の中にあったのは、国に召され帰らなかった鷹岳省吾への恋慕に他ならないと、思春期の由佳は見抜いた。

最後に雪乃にあった時、彼女は由佳に言った。

「昭和一四年一月七日、この日をしっかり覚えておくんやで。この日が、世界を変えるための分岐点やからね」

それが由佳と雪乃が、時空を超えて初めて会話した日だという。

雪乃の説明では、そのことを周囲に話した結果、接触は二度と出来なくなった。のちにそれは、自分の迂闊な行動で時間線が違う方向に分岐したのだと理解した。

だから、その日に由佳が雪乃と接触したら、絶対に他人に口外しない事を誓わせろと、雪乃は強く九歳の曾孫に語った。

雪乃の資料を何とか読み解けるようになった由佳は、その機械理論の発展形を研究するために、R大学を受験し、時空間研究の第一人者である新井昭三《しょうぞう》教授の門を叩いた。

由佳が雪乃の曾孫である事を知った教授は、その雪乃の膨大な研究資料を、彼女が遺産として受け継いでいたことに驚きを隠せず、由佳が研究室に入ることを大歓迎した。

以来、六年の歳月をかけ、研究室は時空間送信機を作り上げた。

これは、最終目標を物質の過去転送に置いた文字通りの一方向タイムマシーンであったが、その性質上、同一の過去時間線へのタイムリープは一回が限界、という結論に達していた。

つまり、自分たちの干渉によって過去に物質を送った時点で、その時間線は別の未来線へ分岐してしまい、自分たちとの直接的関係を断たれるということだ。

これは、接触時間線と現実の時間線が、同じ間隔で時を刻むことが判った上で、時間切れを悟った由佳の独断により、過去世界に未来からの大量の資料とタブレットを送った事で、結果的に立証された。

機械は、二度と過去世界と繋がらなくなってしまった。

彼女たちが接触した世界は、見知らぬ歴史の中に漕ぎだしてしまったのだ。

しかし、由佳はある仮説を立てていた。

直接的繋がりの切れた時間線でも、音声や信号のやり取りは可能ではないか、という仮説だ。

正確に説明すると、これは時間線の異なる分岐世界の接点を探索し、そこから時間を繰ることで別の道を歩む世界と、再度接触をしようというものであった。

だがこの理論の実証には、過去世界に資料を送り込んだ機械は、単純に利用できない。

あれは、ワンタイム・タイムマシーンとしての機能を発揮するために特化させた機械だからだ。

あの暴走実験の後、由佳の理論に基づく新たな研究が始まったが、これは言ってみれば、一種の次元探査機の製作であった。

別の次元の時間軸を進む過去と接触するという、実はタイムマシーンを作るより、よほど難しい技術がここに必要なのだった。

しかし由佳には勝算があった。

接続の切れた機械は、少なくとも令和四年七月までは、昭和一五年三月の世界と繋がっていた。

つまり明確な次元分岐点が判明している。

この時点を起点として進むであろう可能性世界を数値化して分類し、なんとかアクセスを試みる。

それが、由佳の第二の命題となった。

その背景にあるのは、雪乃との約束の完遂であった。

生きて省吾を国に帰してほしい。それはつまり、戦争に日本が負けない事を意味していると、由佳は捉えた。

そこで由佳は大学のスーパーコンピューターまで使い、日本を戦争に勝たせる手段を考察させた。

結論から言うと、日本は戦争に勝てる。そう答えは出た。

しかし、それには大きな問題があった。

極めて確率が低く、通常の計算を行なっていても日本の勝利条件は達成されない。

唯一の勝利の可能性は、未来からの干渉という反則技とも言える結論だったのだ。

だが、それが逆に、田伏由佳の心に火をつけたのだ。

二年間、彼女を中心に新井研究室は次元探査機の運用に向け邁進した。

そして令和六年八月、ついに探査機は見失っていた過去の時間線を発見した。

それは、過去世界のラジオを傍受すると言う形で、成功を確認できた。

あとは、この傍受と逆方向に電波を送るだけ。

そのデバイスとしては、由佳と雪乃が会話していた初期段階のタイムマシーンの駆動部が再利用できるはずだった。

日本必勝の念で、研究室の時間遡行機械は再稼働した。

あとは、これが正しく雪乃たちの居る世界に繋がってくれと祈るばかりであった……


その日、舞鶴では桜の花が満開になっていた。

港を見下ろす小高い山、その半分が桜に埋まっていたが、その小山には海軍の第四研究所が置かれていた。

田伏雪乃をはじめとする女性研究将校たちは、連日、新しい技術開発に没頭し、世間が桜に満たされているのにも無関心になっていた。

だが、そんな研究室にどこから舞い込んだのか、桜の花びらがひとひら舞い込んできた。

ひらひらと舞った花弁は、田伏雪乃の執務机の上に落ちた。

「あら、こんなところに桜が……」

雪乃がその花びらを摘まみ上げた時であった。

もう何年も沈黙していた機械が、突如として動き出した。

機械は、雪乃の部屋に据え置かれていた時空通話機……いや、正確には当初、省吾との共同研究で作っていた電磁式空間通話機であった。

「え？　電気通してへんのに……」

雪乃が不振がって機械に触ると、そのスピーカーから声が流れ出した。

「…ますか。こちら令和…界」

雪乃が慌てて機械を調整する、すると声は次第に明瞭になった。

「昭和世界聞こえますか、こちらは令和世界」

聞き覚えのある声であった。

「由佳はん！　ほな、これはほんまに……」

雪乃がさらに調整を続けると、会話が可能になったことを示す青いランプが灯った。

「聞こえます、こちら昭和世界、雪乃です！」

「良かった、通じた！」

この瞬間、日本は戦争に勝つために、何を得て何を斬り捨てねばならないか、その答え合わせが始まる。

しかし、この情報を軍に伝えるべきかどうかは、すべて田伏雪乃に託された。

いったい未来世界から何がもたらされたのか、まだこの段階では、雪乃以外誰も知らなかった。

確かに戦争を終わらせるにはこれしかない、と納得できる内容を雪乃は聞いた。

しか判らぬ事であった。

だが、この得られた情報を使うべきかどうかの判断を、由佳は雪乃に委ねたのであった。

「長い道程やわ……せやけど、これはうちが自分で頼んだことなんやね……」

雪乃は部屋の窓辺に歩くと、両手でバンと窓を押し開いた。

海からの強い風が、大量の桜の花びらを室内に運んできた。

舞い踊る桜を見ながら雪乃は言った。

「勝たせたる、うちがなんとしても勝たしたる、待っててや、省吾はん」

昭和一七年四月、まだ戦争は始まって半年も経ていなかった。

日本がこの戦争に勝つには、この先、どんなに長い時間が必要なのか。

それは、令和世界から接触を受けた田伏雪乃に

VICTORY NOVELS ヴィクトリー ノベルス

超時空AI戦艦「大和」(1)

南洋沸騰! 奇跡の連続勝利

2023年11月25日 初版発行

著者 橋本 純
発行人 杉原葉子
発行所 株式会社 電波社
〒154-0002 東京都世田谷区下馬6-15-4
TEL. 03-3418-4620
FAX. 03-3421-7170
https://www.rc-tech.co.jp/
振替 00130-8-76758

印刷・製本 中央精版印刷株式会社

乱丁・落丁本は、小社へ直接お送りください。
郵送料小社負担にてお取り替えいたします。
定価はカバーに表示してあります。

ISBN 978-4-86490-246-5 C0293

戦記シミュレーション・シリーズ

ヴィクトリーノベルス 絶賛発売中!!

VICTORY NOVELS

超極級戦艦「八島」

1 強襲！ 米本土砲撃
2 大進撃！ アラビア沖海戦
3 八島作戦、完遂!!

太平洋上の米艦隊を駆逐せよ！ 全長全幅ともに大和型の3倍!! 驚愕64センチ砲の猛撃

羅門祐人

定価：各本体950円＋税